詩人アルヴィドソン序説
〜フィンランドナショナリズムと美の思想〜

坂 上　宏 著

櫂 歌 書 房

出典：アドルフ・イヴァル・アルヴィドソン （1791 〜 1858）.
Junnila,Olavi, *Adolf Ivar Arwidsson*, Kirjayhtymä,1979 より。

目　次

序　文 ——————————————————————— 1

第一章　アルヴィドソンとトゥルクロマン主義 ——————— 7

第一節　トゥルクロマン主義とフィンランドナショナリズム— 7
第二節　トゥルクロマン主義の背景 ———————————— 11
　1．ロシアの安全保障 ……………………………… 12
　2．フィンランドの社会構造 ……………………… 16
第三節　アルヴィドソンとトゥルクロマン主義運動の形成 — 20
　1．トゥルクロマン主義運動の誕生 ……………… 20
　2．トゥルクロマン主義運動とアルヴィドソン ……… 28
第四節　トゥルクロマン主義運動の群像 ——————————— 34
第五節　トゥルクロマン主義運動の社会的評価 ——————— 44

第二章　アルヴィドソンの「詩の砦」：詩人への道 —————— 49

第一節　アルヴィドソンの人物像：出自と性格 ——————— 50
第二節　英雄への憧憬：スウェーデンとカール12世 ————— 53
第三節　文学との遭遇と祖国の敗戦：高校時代のアルヴィドソン— 59
　1．'退屈な文学' ………………………………… 59
　2．フィンランド戦争と'スウェーデン臣民' ………… 63
第四節　英雄詩人への夢：学生時代のアルヴィドソン ——— 68

第三章　詩人アルヴィドソンの理想主義：人間観と世界観 ——— 83

第一節　アルヴィドソンとロマン主義 ——————————— 84
　1．ドイツロマン主義とアルヴィドソン ………… 84
　2．フォスフォリズムとアルヴィドソン ………… 87
　3．イェート主義とアルヴィドソン ……………… 90
第二節　アルヴィドソンの啓蒙主義批判 ——————————— 96
第三節　アルヴィドソンの人間観と世界観 —————————100
第四節　アルヴィドソンの美意識：詩と詩人 ————————104

第四章　ファンタジーと自然の交錯：アルヴィドソンの詩文表現 ── 111
　　　　1．少女と生命の享楽 ……………………………………111
　　　　2．ファンタジーと生命観　その1 ……………………113
　　　　3．ファンタジーと生命観　その2……………………115
　　　　4．詩人と生命観……………………………………………118
　　　　5．自然と美 …………………………………………………121
　　　　6．自然精神　その1：地底の咆哮……………………123
　　　　7．自然精神　その2：山と森の生活…………………127
　　　　8．ノルド（北欧）の自然と感 …………………………130
　　　　9．フィンランド民族の精神　その1：聖なる使命 ……134
　　　　10．フィンランド民族の精神　その2：「柔な奴らを力ず
　　　　　　くで押しつぶせ」……………………………………136

終　章 ─────────────────────── 141
　　　　1．アルヴィドソンの詩文に関する評価 ……………141
　　　　2．詩人アルヴィドソンの挫折と転進 …………………143

文献紹介 ………………………………………………………………147

注 ………………………………………………………………………157

初出一覧 ………………………………………………………………173

序　文

　1808年から1809年にかけてロシアとスウェーデンのあいだで行われた「フィンランド戦争」(Suomen Sota、第二次ロシア・スウェーデン戦争とも言う)は、スウェーデンの敗北で終わった。この結果としてそれまでスウェーデンの一部であったフィンランドは、ロシア帝国に併合されることになった。しかしながらフィンランドは、内政面では独自の議会を持つことが許されるなど、一定の自治を手中にしたのであった。
　この自治の獲得は、当時のフィンランドの文芸や思想の分野において、ある種の高揚感をもたらしたのかも知れない。なぜならばロシアに編入されて間もない1810年代のフィンランドにおいて、フィンランド語とフィンランド民族の意義を強調した新しい文化の息吹が見られたからである。それは「トゥルクロマン主義運動」(Turun Romantiikka) と称されている。
　この新しい運動の推進役の一人が、本書で取り上げるアドルフ・イヴァル・アルヴィドソン (Adolf Iwar Arwidsson, 1791～1858) であった。アルヴィドソンは、当時のフィンランドの首都トゥルク (Turku) にあったオーボ・アカデミ（Åbo Kungliga Akademi）の歴史学講師（1817～1822）を勤めたほかに、詩作、民俗詩の収集、民族・政治問題の論説、文芸・評論誌『オーボ・モロンブラド』(Åbo Morgonblad, トゥルク・モーニングペーパー）の発行など多岐に亘る分野で活躍した。

フィンランド人研究者タルキアイネン (Viljo Tarkiainen) は、トゥルクロマン主義運動の主要人物を「ナショナリズム的ー政治的」「芸術的ー文学的」という二つの傾向に基づいて分類しているが、とりわけ前者の傾向が強いとされた人物がアルヴィドソンであった。ただしタルキアイネンは、アルヴィドソンは部分的に後者の傾向もあると指摘している[1]。

　ロシア帝政下のフィンランドにおいてアルヴィドソンは、フィンランド人の民族意識の覚醒を促すとともに、ロシアやフィンランド支配エリートを痛罵するがごとき強烈な主張を詩文や論文などの形式で発表した。他方で彼は、19世紀初期のドイツやスウェーデンのロマン主義文学に大いに感化されて、自らも幻想的で情感の湛えた叙情的な詩や北欧の過酷な自然とその中に生きる人間の精神の逞しさや繊細な感性を謳い上げた詩を発表したのであった。

　本書の主眼とするところは、様々な彼の活動のうちでおもに文学との関わりに着目し、彼の詩文作品や文学についての論説を取り上げて、それらに見られる思想的特徴を探究していくことにある。例えばフィンランド人に対して独自の民族としての自覚を促し、民族精神の高揚を訴える'ナショナリスト'としてのアルヴィドソンと、乙女の愛らしさや自然の神々しさを織り込んだ詩文を書く'ロマン主義者'としてのアルヴィドソンには、何らかの一貫した思想が根底にあるはずである。そのような彼の思想の内容を紹介し、把握することが本書の主題である。またそのための準備作業として、少年時代から青年時代に至る彼の遍歴を辿りながら、彼の思想が形成されていった背景についても考えていきたい。なお断っておくが後述の通り彼

は、1823年にスウェーデンに居を移さざるをえなくなるのだが、本書では主にフィンランド時代の彼の活動に焦点を当てることにする。スウェーデン時代については稿を新たにしなければならないだろう。

　アルヴィドソンの文学についてはのちに仔細に検討することになるが、本書の冒頭にあたって、その詩文の作風の一端なりとも紹介しておきたい。以下は、スウェーデンロマン主義運動の牽引者アッテルボム（Per D. A. Atterbom, 1790～1855）が主催する文芸誌『ポエティスク・カレンデル』（*Poetisk Kalender*）1818年号に掲載された「雲」（"Molnen"）という作品の抜粋和訳である。

　　　　雲が漂うあいだで生きていくこと
　　　　わが心はそれを憧れる
　　　　私の火のように熱い想いはそこで燃え上がるのだ！
　　　　聖なるもののあいだで生きていくこと
　　　　その想いをめぐらすのだ
　　　　まだ死ぬことは許されない
　　　　雲がただようあたりで
　　　　私の憧れは燃え上がる
　　　　そこに私の願いが高く舞い上がっている
　　　　だけどその願いは
　　　　この世とつまらぬ事に縛りつけられている
　　　　だから高鳴るのだ、心が
　　　　そして憧れを君は胸に抱くだろう！
　　　　いつか解き放たれて

> *君は昇っていくだろう*
> *青い空を駆けめぐるのだ*
> *瞬く星々のあいだに*
> *そして聖なる詩集に教えを受けるだろう！*
> *そうなのだ！―私の心は高鳴る*
> *まもなく君は足かせから解き放たれるだろう*
> *そして君の世界へと自由に昇っていくのだ！*[2)]

　この詩では、「雲」が漂うはるか天上の世界すなわち神の世界に対する情熱的な憧れが謳われている。アルヴィドソンの詩想の主な特徴は、この唯一絶対なる存在である神こそが永遠普遍の美であり、それに近づこうとする人間の尽きることのない希求と憧憬の念を描こうとするところにある。このようなアルヴィドソンの理想主義的な思想、特にその人間観と世界観を解明していくことが本書の目的である。

　詩人としてのアルヴィドソンについては第二章以降で詳述するが、まず第一章においてはトゥルクロマン主義運動の全体像を把捉するために、フィンランドナショナリズムの視点に力点を置きつつ、アルヴィドソンをはじめとするトゥルクロマン主義運動の主だった人物の思想と活動について概観することにしたい。第二章では、少年時代から青年時代にかけての文学との出会いやフィンランド戦争との遭遇などの出来事を織り交ぜながら、アルヴィドソンの思想形成過程を辿っていく。第三章ではアルヴィドソンの詩文に見られる理想主義思想について、主に人間観や世界観という角度から検討する。第四章ではアルヴィドソンの詩文を10編ほど取り上げて、それらに見られる

人間観や世界観を具体的に掘り下げて明らかにしたい。最後に終章では、詩人としてのアルヴィドソンの評価と彼が詩作を断念した経緯について述べる。

　なお本書の執筆にあたって、19世紀初期のスウェーデン語およびフィンランド語文献を多数参考にしたが、それらの資料には旧字様式で書かれているものもあり、現代の表記とは若干異なっている。本書では当時のままに記載しているので注意ありたい。

第一章　アルヴィドソンとトゥルクロマン主義

第一節　トゥルクロマン主義とフィンランドナショナリズム

　トゥルクロマン主義(Turun Romantiikka)とは、1810年代から20年代に当時のフィンランドの首都トゥルクにおいて、学生を中心にして起きた思想、文芸上のひとつの潮流である。
　一般的に言えばロマン主義とは、17世紀後半以降のヨーロッパで主流であった啓蒙主義に代わって起きた思想や文芸上の運動のことを指す。この運動はドイツを中心とし、18世紀末期から19世紀にかけてヨーロッパの大半の地域に広がっていった。フィンランドの場合ロマン主義の波は、19世紀初期になって主にスウェーデンを経由してトゥルクへ伝わったのであった。ロマン主義者たちは、古典古代のギリシャや中世社会を憧憬の対象とし、人間の感性の解放を主張した。そして民族固有の文化や歴史の重要性を強調したのであった。トゥルクロマン派の場合、フィンランド人研究者ヴァルカマ(Leevi Valkama)によれば、その関心と活動はフィンランド民族文化の広範な領域に向けられた。例えば言語、民俗詩、神話、民族の歴史、教育などであった[1]。
　フィンランド人が民族としての意識に目覚めるうえで、不可欠な業績を残した人物の名前をあげるとすれば、ロンロート(Elias Lönnrot,1802～1884)、ルネベリ(Johan Runeberg,1804～1877)、スネルマン(Johan Snellman,1806～1881)といった人たちが代表的であろう。彼らの存在は、フィンランド史の中で燦然たる光輝を放っている。例えばロンロートは、フィンランド

の民族的叙事詩として不朽の『カレヴァラ』(Kalevara) を編纂した。ルネベリは、スウェーデン人系フィンランド人であったが、フィンランド語を話す一般大衆に大いに愛着を抱き、多くの愛国的な詩を発表した。何よりも彼の名声は、フィンランド国歌『我が祖国』(Maamme) の作詞者として後世に轟いている。そしてスネルマンは、「セナーッティ」(Senaatti、ロシア支配下におけるフィンランドの最高行政機関) の一員として、フィンランド語が公用語に採用されるべく尽力した人物である。この 3 人は、1830 年代以降に活動した「ヘルシンキロマン派」(Helsinki Romantiikka)[2] の中心人物である。彼らの活動と業績なくして、フィンランド人の中に民族的矜持が萌芽し、そして根付いていくことはなかったに違いない。その矜持とは、フィンランド人がスウェーデン語に代わるフィンランド語という民族独自の言語を持ち、他民族と比肩するだけの文化を備えた民族であるという意識である。

　上記の 3 人の活動は、フィンランド人の民族意識の覚醒に大きな意味を持っていたわけであるが、彼らの先駆者的存在であったのがトゥルクロマン派の人々であった。ところがこれまでトゥルクロマン派の存在については、あまり照射されてこなかった。これには、彼らの思想や行動が、結局のところ政治的に結実しなかったことと関係があるのかもしれない。また『カレヴァラ』の文学的名声の陰で、彼らの文学的業績がかすんでしまったからなのかもしれない。しかしながら後述するようにトゥルクロマン派が、フィンランド人の中に民族としての自尊心が芽吹くためのいわば「胚芽」あるいは「播種」の役割を果たしたことは強調されなければならない。したがってフィンラン

ドナショナリズムの揺籃期の主人公であったトゥルクロマン派の存在を看過するわけにはいかないのである。

それではトゥルクロマン派の中心的存在であったアルヴィドソンのナショナリズム思想を見てみよう。彼は、前掲誌『オーボ・モロンブラド』第7号（1821年2月17日付）に発表した論文「国民性と国民精神について」("Om Nationalitét och National Anda")の中で、国民（民族）と言語や諸々の文化との関係について以下のように述べている。

「父祖の言葉が失われたことに伴って、民族(folk)が分裂して崩壊してしまった。すべての者が共通の言葉を話すことによって、当然のこととして分離できない全体を形成するのである。すなわち共通の言葉を話すということは、魂と意識という内面の紐帯を通じて結びつくことになるのであり、そしてすべての者の外的な結びつきが強力で堅固なものになるのである。なぜならば言語というものは人間の精神なのであり、それは陸地の物理的な境界と同じようなものである」[3]。

文中の「父祖の言葉が失われた」という文言は、後述する通り19世紀初期のフィンランドの人口構成と言語構成の非対称性を示唆している。当時のフィンランドの人口の大半を占めていたのは、フィンランド語を使用する被支配階級の農民層であったのだが、しかしながら公用語は少数の支配階級の用いるスウェーデン語であった。アルヴィドソンらトゥルクの青年知識人たちの活動の目的の一つは、このようなフィンランド語の社会的立場を改善することであったのである。

引用した言説から分かるようにアルヴィドソンは、民族の紐帯としての言語の存在を何よりも重視する。つまりアルヴィド

ソンにとって言語とは、単なる意思疎通の道具であり記号なのではない。言語を同じくするとは、民族固有の歴史、習慣、文化、生活様式、思考様式など一切を共有するに等しいのであり、そして共通の言語に基づいて行政単位としての国家が構成され、同時に'精神共同体'としての民族が成立するのである。まさに言語こそが彼のナショナリズム思想の核心をなすものである。彼はこうした「言語主義」の立場について、『オーボ・モロンブラド』第11号(1821年3月17日付)の中で、言語こそ「郷土の精神的力の源」であり、「歴史のあらゆる時代が証明していることは、民族の母語こそが国家の独立のあらわれなのであり、国家の独立を保障するものだ」[4]と明快に述べている。

　アルヴィドソンらトゥルクロマン派の青年知識人たちにとって民族の言葉とは、当時のフィンランドにおける農民層の言葉フィンランド語であった。彼らは、フィンランド語にフィンランド民族固有の歴史や伝統、つまりフィンランド人が拠って立つべき至上の価値を見い出したのである。アルヴィドソンは、「フィンランド人の母語の神聖さや名誉を守り、維持すること」[5]の重要性を力説している。アルヴィドソンたちによるフィンランド語普及のための運動は、このようなナショナリズム思想に裏打ちされているわけである。しかしながら後述の通りトゥルクロマン派の人々のナショナリズムは、決して一様であったわけではない（本章第四節）。彼らの主張や活動には政治的にも社会的にも穏健なものもあれば、過激なものもあった。なかでもアルヴィドソンの主張は聳立しており、彼はフィンランド民族の独自性を高唱するのみならず、ロシアによる支配体制を舌鋒鋭く批判し、打倒さえ呼びかけたのである。例えば彼は、「わ

れわれの精神の中に徐々に外国が忍び込んできている。…われわれはそうした異民族に対して戦う」[6]と述べている。「外国」や「異民族」とはロシアにほかならない。彼は躊躇することをなく、「スラブ人になることで自己を取り繕うことは求めない」[7]と断言して、ロシアに同化することを拒否し、フィンランド人の民族としての純化を訴えている。

　そもそもナショナリズムは、「純化」を目指そうとするものである。すなわち内に対しては一体性を強調し、外に対しては排除の態度をとろうとするものである。上記の言説に見られる通りアルヴィドソンは、ロシア支配下のフィンランドにおいて、公然と「純化」を訴えたのである。彼が、オーボ・アカデミの講師の職を解かれ、1823年にスウェーデンへ渡らざるをえなかったのは、その排外主義的な言説が禍いしたためであった。しかしながら限りなく理想を追求し、時に青年を扇動するような激しい情感に溢れたその筆致は、彼が「ロマン派の中で炎のような精神を持った人」[8]とも評された所以なのであって、いわば彼の'勲章'ともなっているのである。

　端的に言えばトゥルクロマン主義運動は、ロシア帝政下のフィンランドにおいてフィンランド民族の独自性を'発掘'し、それをフィンランド人に対して啓蒙することを意図していた。次にそのような運動が、当時のフィンランドにおいて許容された背景について考えて見たい。

第二節　トゥルクロマン主義の背景

　19世紀のフィンランドにおけるロマン派の一人で、民俗詩

の収集家として著名なトペリウス (Zacharias Topelius, 1818～1898) は、「フィンランド人は1809年まで歴史を持たなかった」[9] と述べたとされている。1809年とは後述する通り、フィンランドがスウェーデンからロシアに譲渡され、一定の自治が許されるようになった年である。このトペリウスの言葉は、1809年を境にようやくフィンランド人が、固有の文化を備えた独立した民族的実体として自己を意識するようになったということを意味している。

ところで1810年代にトゥルクで見られるようになったロマン主義運動は、前節で述べたようにフィンランド人の歴史や言語の独自性を強調する特徴があったのだが、同時にこうしたナショナリズム思想は前節のアルヴィドソンの言説に顕著に表れている通り、当時のロシア支配体制に異議を突きつける政治的可能性を内包していたわけである。にもかかわらずこのような民族的ロマン主義運動が、当時のフィンランド社会においてある一定の範囲で是認され、そして醸成されていったのである。これにはいかなる政治的・社会的素地があったのであろうか。この点について、当時のフィンランドをめぐる内外の状況を二つに分けて考察を行うことにしたい。

1. ロシアの安全保障

19世紀初期のロシア支配下のフィンランドにおいて、トゥルクロマン派の思想と活動がある程度許容された理由は、ロシアの対外防衛上の必要性と関連する。

ロシアは、1808年のスウェーデンとの戦争（「フィンランド戦争」）において、当時スウェーデン領であったフィンランド

の占領に成功した。そして 1809 年 9 月 17 日に結ばれた「ハミナの講和」(Haminan Rauha、「フレデリクスハムン条約」Treaty of Fredrikshamn とも言う）によって、フィンランドはロシアへ併合されたのであった。

　ロシア皇帝アレクサンドル 1 世（AleksanderⅠ, 1777 ～ 1825）は、フィンランドを「大公国」として扱い、ロシア領の一部でありながら一定の自治を認めた。例えば 1809 年 3 月 29 日にフィンランド人の身分制議会をポルヴォー (Porvoo) に召集した。また従来からのキリスト教信仰、法制度、そして住民の諸権利を尊重することを約束した。さらに事実上の政府機関であるセナーッティ（前出）の設立を認めた。外交権は委譲されなかったが、経済や司法の分野では独自の運営が許容されていた。加えてロシアは、1812 年にかつてフィンランド領であった地域をフィンランドに返還することで、さらに融和的姿勢を示したのであった。

　そして思想や文化の分野でも、フィンランドの裁量がある程度認められた。フィンランド人研究者ヴィッランコスキ (Pentti Virrankoski) によれば、アレクサンドル 1 世とフィンランド人閣僚は、西欧の思想がフィンランドに流入してきても、それが革命を意図するものではない限り妨げなかった[10]。またフィンランド人研究者クリンゲ (Matti Klinge) によれば、ロシア政府はむしろフィンランド独自の民族文化が創出されることが望ましいと考えていた。なぜならばそれは、フィンランドのスウェーデンからの分離を一層促進することを意味するのであり、ひいてはスウェーデンの領土回復主義に抵抗するフィンランド人の精神と民族文化の融合をもたらすことになるからであっ

た。つまりフィンランド人の民族的思想や自覚が生まれることは、フィンランドがロシアから離反したりスウェーデンに奪還されたりするのを防ぐために、ロシアにとってむしろ政治的に有益であったのである[11]。

　以上のようなロシアのフィンランドに対する懐柔政策の背景には、フィンランドをスウェーデンなど西側強国に対する緩衝地帯としてとどめておきたいとする安全保障上の必要があったことを指摘できるだろう。このロシアの安全保障上の利害こそが、フィンランド・ロシア関係の構造的要因なのであり、両国関係の「主軸」となって歴史を回転させていく作用を果たしたのである。

　フィンランドに自治を認めたアレクサンドル1世は、「フィンランド人は国民になった」[12]と述べた。これは、フィンランド人が「フィンランド大公国」という'独立国家'の担い手となったという意味である。フィンランドの中からも、'独立国家'としての地位を理論的に整合化しようとする試みが現れる。フィンランド人研究者ユッシラ(Osmo Jussila)によれば、実質的なフィンランドの「国家教義」(valtio-oppi)の創始者は、スウェーデン人医学者でフィンランドやスウェーデンの大学で教鞭を執ったヴァッセル(Israel Hwasser,1790～1860)であった。ヴァッセルは、1830年代末から40年代初めにかけて次のような「教義」を提唱した。すなわち「フィンランド人は、ポルヴォーの国会開設によってスウェーデンの支配から解放された。そしてフィンランドは、ロシア皇帝と'単独協定'を結ぶことによって、スウェーデンの一地方という地位から、憲法に基づく支配が行われる国家に転換した。その憲法とは、スウェーデ

ン時代の 1772 年と 1789 年の政体書と憲章であり、ロシア皇帝もこれを承認している」[13]というものである。

　フィンランド'独立国家'論については、アルヴィドソンも『オーボ・モロンブラド』第 2 号（1821 年 1 月 13 日付）に発表した論文「我が祖国についての展望」（"En blick på vårt Fosterland"）のなかで次のように高らかに宣言している。その言葉からは、フィンランドが大国の軛（くびき）から解き放たれたと言わんばかりの彼の高揚感が読み取れるであろう。「いまや今までとは別の時代が始まる。昇る太陽の輝きとともに新しい生命が目覚めるのだ。フィンランドは自分自身でその行方を決めるのである。それはアレクサンドルの偉大な庇護のもとで、法を確立し、施行することとなって表れるのである。つまりこれは、慣例的に行われるような単なる役人の知識のような事柄ではない。すなわち政治指導者が出てこなければならないのだ。彼には統治と国家のあらゆる条件について深い知識が求められる」[14]。

　しかしながらこのフィンランド'独立国家'論は楽観的見方にすぎなかったのであり、上記のアレクサンドル 1 世の言葉は'リップサービス'でしかなかったのである。つまりフィンランドがロシアとは別の'独立国家'であるという教義は、そもそもロシアとは相容れないものであって、ロシアの考えでは、フィンランドはあくまでもロシア国家の中で自治が許された地方の一つにすぎないのであった[15]。それゆえフィンランドの自治やナショナリズム思想、そして文化は、ロシア側の思惑によってその自立性が損なわれることもありえたのである。19 世紀末期にロシアが行ったフィンランドに対する弾圧政策（ロシア化政策）は、その証左である。

2. フィンランドの社会構造

　トゥルクロマン主義の背景として、次に19世紀初期のフィンランドの社会構造について述べたい。

　当時のフィンランドは、フィンランド語を使用する農民が人口の大半を占めていた。かたや支配者層や都市部の市民はおおむねスウェーデン語を使うスウェーデン人系であった。例えば、1812年に旧フィンランド領が併合された後のフィンランドの全人口のうちで、80％から85％がフィンランド語を話す人たちであった[16]。こうした人口構成に反して、当時のフィンランドにおける公用語はスウェーデン語であった。行政や司法そして教育の分野で、フィンランド語に正式な地位は与えられていなかった。フィンランド語住民が社会進出を果たすためには、スウェーデン語を習得せねばならず、社会的に不平等な状態を強いられたのである。すなわち言語の違いが、当時のフィンランドにおける社会的流動性を妨げたのである。フィンランド人研究者ユティッカラ (Eino Jutikkala) は、言語の違いが市民と農民の社会的境界になったと述べている[17]。

　人口構成と言語構成の'非対称性'が19世紀初期のフィンランド社会の特徴であったわけだが、この非対称性を是正することこそフィンランドのロマン主義者の使命であったと言えるかもしれない。既述の通りトゥルクロマン主義者の主張の一つが「フィンランド語の公用語化」であったわけであるが、この点に関してアルヴィドソンは、『オーボ・モロンブラド』第12号（1821年3月24日付）に発表した論文「フィンランド人の言語、国民の言語としての見方」("Finska Språket, betraktadt såsom Nationalspråk") において、フィンランド人社会の中ではフィン

ランド語を母語にすべきであるという考えが定着していないと指摘し、フィンランド人が「社交、読み書き、教育の言葉」としてフィンランド語を公に使用すべきことを力説している[18]。

　この論文において彼は、19世紀初期当時のフィンランドにおける言語状況について次のように具体的に説明している。スウェーデンがフィンランドを支配するにあたって、スウェーデン語を統治の手段としてフィンランドに導入した。これによりフィンランド人の民族的起源が混ざり合い、弱められてしまった。フィンランドの上流階級はスウェーデン語を使うようになり、役人もスウェーデン語を使用して業務を行い、司法における公的文書もスウェーデン語によって作成された。そのためスウェーデン語を理解できないフィンランド人は不利益を被った。さらに教育の場でもスウェーデン語が用いられたため、民族の母語としてのフィンランド語に関する知識のみならず、愛情や敬意も失われてしまった。フィンランド語は粗野で醜い言葉だと貶められ、その話し方はある意味で不愉快なものであり、フィンランド語を話す者は乱暴者だと烙印を押されるようになった。そのため非常に多くのフィンランド市民がスウェーデン語を使うようになり、そればかりか名字をスウェーデン人風やドイツ人風などに改めてしまう有様であった[19]。このような失望の中に怒りが滲み出るような指摘の後に続いてアルヴィドソンは、スウェーデン語を使用するフィンランド人が「外国人と同じようなもの」であり、「自分たちが同じ母語を有していることに喜びと誇りを感じるということも知らない」[20]と指弾し、民族の母語としてのフィンランド語がかけがえのない価値を持っていることを訴えたのであった。

アルヴィドソンのナショナリズム思想の顕著な特徴は、母語の中に民族の精神を見い出し、個人は母語を紐帯として全体としての民族に包摂されていくと見なしていることである。したがってフィンランド語に基づいてフィンランド社会の形成（国家形成）がなされていくことは、彼にとって必然的な命題であったわけである。この命題の帰着点にあるのが、「フィンランド独立」であることは言うまでもない。いずれにせよ彼のナショナリズム思想の核心は、フィンランド語に至上の価値を置く「言語ナショナリズム」であり、これは多かれ少なかれ同時代のフィンランドロマン主義者たちも共有していたと言えるだろう。次の言葉は、トゥルクロマン派の時代のあとに脚光を浴びることになるヘルシンキロマン派の中心人物スネルマン（前出）によるものとされている。彼は、まさにアルヴィドソンの思想を受け継いだかのようにスウェーデン語を排斥すべきことを強烈に主張した。「ロシア語が可能か、フィンランド語が可能か、神のみぞ知るところだ。希望があるとはあえて言わない。しかしスウェーデン語を倒さねばならない。私はそれが確かなことだと知っている」[21]。

　19世紀の初めに西欧の民族的ロマン主義思想がフィンランドに流入し、その結果フィンランド語とフィンランド語を話す農民の存在が、文化的にも政治的にも注目されるようになった。フィンランド人研究者ユティッカラは、フィンランドの民族的ロマン主義者の思考様式とは、「公用語をフィンランド語とし、文化活動をフィンランド語で行えば、フィンランドは国民国家になる」というものであったと図式的に解説している[22]。この「一言語、一国民」という「フェンノマニア」思想（Fennomania、

フィンランド人主義）が、フィンランドの民族的ロマン主義思想の核と成っていったわけである。アルヴィドソンは、トゥルクロマン派の一人であるリンセーン (Johan Linsén,1785 ～ 1848) が主催した文芸・論説誌『ムネモシュネ』(*Mnemosyne*,1819 ～ 1823) 第 60 号 (1819 年 7 月 28 日付) に寄稿した論文「フィンランド人の国民性について」("Om Finsk Nationalitet") の中で、「一言語、一国民」の至上性を力説している。「私は郷土のすべての人たちに訴える。自分たちの胸の中の愛郷心 (patriotism) を消し去ってはならないと。次のことで何か不都合なことが続いていくだろうか。それは、ある民族 (folk) の長所というものが一つの言語に定められているということである。このことは理解されていないのではないか」[23]。

しかしながらこのフィンランド人主義の動きは、少なくともトゥルクロマン派が活動した 1810 年代中頃から 20 年代初期の時期は、ロシアのフィンランド支配を揺るがすほど大きな国民的な「渦」を巻き起こしたわけではなかった。せいぜいフィンランド語の価値を再発見し、民俗詩などの収集を通じてフィンランド民族の歴史や文化の源流を探訪するという次元にとどまっていたものと思われるのである。換言するならば、アルヴィドソンをはじめとするトゥルクのロマン主義者たちの活動は、それが政治的な力を及ぼしえない範囲で許容されていたと見ることができる。なおフィンランド人研究者ヴィッランコスキは、具体的なフィンランド民族運動は、クリミア戦争（1853 ～ 1856) 以前には存在しなかったかもしれないと述べている[24]。

第三節　アルヴィドソンとトゥルクロマン主義運動の形成

　本節では、まずトゥルクの青年知識人たちによる組織的な文芸活動の誕生の経緯とその文学的・思想的背景について述べることにしたい。次にトゥルクロマン主義運動の主な内容について、アルヴィドソンの活動を通じて説明することにしたい

1. トゥルクロマン主義運動の誕生

　19世紀初期のフィンランドのロマン主義運動が、ドイツやスウェーデンの新しい文芸の洗礼を受けて生まれたものであったことはすでに述べた通りである。一般的に言って近代ドイツから広まったロマン主義文芸の特徴は、個人の感性や想像力など内面性に重きを置き、例えば愛、歓喜、悲しみ、恐怖、不安などの情動、美や神聖なものに対する憧憬と畏敬、神秘的なものや未知なものに対する好奇心などを関心の対象としたのであった。愛らしい乙女、美しく可憐な花々、舞い踊る妖精、山の中に住む小人、過酷で壮大な自然の情景などが具体的なモチーフとして扱われた。またロマン主義者たちは、民族の伝承や神話における英雄、そして祖先の暮らしぶりやその豊かな感性を褒め称える詩文や絵画を生み出した。創作家たちは、民族の歴史に登場する先人たちの勇敢さ、またその感性の純粋さや素朴さの中に人間を超越した'神性'を見い出し、そこに創造主の聖なる意志を感じ取ろうとしたのであり、ひいては民族の行く末が神によって祝福されるであろうことを謳い上げたのである。したがってロマン主義文芸のうちであるものは、民族の歴史や理念を賛美するナショナリズムと結びつき、「民族的ロマン主義」としても発展を遂げていったのである。

19世紀初期のトゥルクの若きロマン主義文学者たちは、このようなドイツやスウェーデンの文壇の新しい動向に感化されて、これらの国々の詩文作品をフィンランド読書界に紹介した。また彼らは、そのような作品を模範にして自らも詩文を創作したのであった。さらに彼らは、地方に埋もれていたフィンランド民族の神話、伝承、民俗詩、習俗などを掘り起こし発表することで、民族の歴史や文化の意義を世に問うたのであった。

　それでは以下において、ドイツやスウェーデンの新しい文芸や思想がどのようにフィンランドへ伝播されていったか見ていくことにする。フィンランド人研究者タルキアイネンによれば、トゥルクのオーボ・アカデミでは、1816年頃にはいわゆる「シェリング学派」が学生たちのあいだで生まれるなど、ドイツの哲学者シェリング（Friedrich Schelling, 1775～1854）の説く有機的な自然観が学生たちを大いに魅了していたとされる。さらにシュレーゲル兄弟（August Schlegel, 1767～1845、Friedrich Schlegel,1772～1829）、パウル（Jean Paul,1763～1825）、ノヴァーリス（Novalis,1772～1801）などドイツロマン主義文学の偉才の作品も学生たちに広く読まれていた[25]。加えて、言語と民族の固有性を主張したドイツの哲学者ヘルダー(Johann Herder,1744～1803)の思想も、フィンランド青年知識人たちを啓蒙したのであった。例えばトゥルクロマン派の一人とされているショーグレン(Andres Sjögren,1794～1855)は、「ヘルダーの考えを引き継いで、力の限りわれわれの祖先の精神の記念碑を集めて探すのだ」[26] という決意を語っている。

　アルヴィドソンについて言えば、彼の詩文作品の基調となすところの人間観や世界観は、シェリングの自然哲学に強く啓発

されたものであったことは指摘できるであろう（第二章第四節および第三章）。それは彼が、「世界とは何だろうか。…シェリングを読め」と友人へ書き送っていることからもうかがえる。さらにフィンランド人研究者ポホヨラン＝ピルホネン（Helge Pohjolan-Pirhonen）によれば、アルヴィドソンの思想的出発点はもともとヘルダーであったが、モンテスキュー (Charles de Montesquieu,1689 〜 1755) の思想、すなわち気候、土地、自然の特徴が民族性、歴史、社会の状況を形成するという見方から最も影響を受けたのであった[27]。また「アルヴィドソン研究」では筆頭に上げられるべきフィンランド人研究者カストレーン (Liisa Castrén) によれば、アルヴィドソンのナショナリズム思想、特に言語を紐帯とした民族の一体性という見方の核となったのは、ドイツの歴史家ヘーレン (Arnold Heeren,1760 〜 1842) の思想であった。ヘーレンは、「民族は、言語を創造し発展させるよりほかに神聖な権利は全く有していない」というその言葉が示す通り、言語に至上の価値を置くとともに、民族と言語の一体性を説いた。そしてヘーレンは、民族の精神、思考様式、感情などは言語教育や文学の中に表れると主張したのである[28]。

　次にスウェーデンロマン主義とトゥルクロマン主義の関わりについてであるが、18 世紀末から 19 世紀初期にかけてのスウェーデンでは、理性の優位を強調する啓蒙主義に代わって、個人の感性の解放を謳うロマン主義に立脚した新しい文芸や思想がフィンランドに先立って起こっていた。その流れは、理想主義的な文学を志向する「フォスフォリズム」（Fosforism）と歴史的でナショナリズム的志向が強い「イェート主義」（Götism）

に大別される(第三章第一節)。当時のスウェーデンではさまざまな刊行物を通じて、新しい文学作品や新しい歴史観が発表されていたし、自然科学の分野でも同様に変化が起きていたのであった。スウェーデンに地理的に近く、当時のフィンランドの首都であったトゥルクが、そうした新しい動きを摂取したのは自然の成り行きであっただろう。フィンランド人研究者タルキアイネンによれば、すでに 1815 年にはオーボ・アカデミの学生のあいだで、スウェーデンロマン主義運動を牽引したアッテルボムらが刊行した文芸誌『ポエティスク・カレンデル』(*Poetisk Kalender*) や『フォスフォロス』(*Phosphoros*)、同じくスウェーデンロマン主義の中心人物イェイェル (Erik Geijer,1783 ～ 1847) による文芸誌『イドゥナ』(*Iduna*) などが愛読されるようになっていたのである[29]。

　スウェーデンの影響を考えるにあたって、フィンランドの知識人が実際にスウェーデンに渡って、新しい思想や文芸に直に接する機会があったことも重要である。例えば学生時代のアルヴィドソンはたびたびスウェーデンの首都ストックホルム (Stockholm) を訪れており、同地でのロマン主義文学者たちと交流の機会を持っている。さらに 1818 年から 1819 年にかけて彼やゴットルンド (Karl Gottlund,1796 ～ 1875)、ポッピウス (Abraham Poppius,1793 ～ 1866) などフィンランド人学生が、スウェーデンロマン主義の拠点でもあったウプサラ大学 (Uppsala Universitet) に留学し、同大学の助教授アッテルボムから教えを受けている。この留学は、アルヴィドソンの執筆生活における重大な転機となった。留学以前の彼は詩作に没頭していたのであったが、スウェーデンの開明的な政治・社会情勢を目にす

るに及んで、詩の創作から民族問題や社会問題に関する論説へとその文筆活動の軸足を次第に移していくことになるのである（筆者注：このアルヴィドソンの'転向'は、彼自身が詩人としての自己の才能に見切りをつけたことも大きく関係している。詳細は終章を参照のこと）。

　ところでアルヴィドソンらトゥルクロマン派の人々が、フィンランド民族の祖先の習俗、伝承、民俗詩などを取材してそこから民族の独自性を発見しようとしたのは、もっぱらドイツやスウェーデンなど外国からの影響によるものだけではない。彼らが模範とすべき'先哲'が、トゥルクロマン派以前のフィンランドにすでに存在していたことは留意されるべきである。ポルタン (Henrik Porthan, 1739 〜 1804) が、その代表的な人物であった。彼は 1777 年に大学の修辞学の教授となったが、フィンランド語や民衆のあいだに伝わる信仰や民俗詩、そしてフィンランド種族に人種的に近い人々に関心を持ち、しばしば各地を踏査した。さらにドイツなど外国にも赴いて、新しい思想を摂取したのであった。フィンランド民族の歴史や言語に焦点をあてた彼の研究姿勢は、のちのトゥルクロマン派の活動の「下地」になったのであり、したがって彼の業績は高く評価されたのである[30]。それは、1831 年に創設された「フィンランド文学協会」(Suomalaisen Kirjallisuuden Seura) の当初の活動目標の一つに、「ポルタンについての記念刊行物をフィンランド語で発行する」ことがあげられていることからもうかがい知ることができよう[31]。

　以上述べたことを踏まえて言えば、フィンランドロマン主義運動の初期段階は、ドイツやスウェーデンなどの影響という外

発的要因と、フィンランド内部でかねてから徐々に醸成されていったと思われるポルタンの活動のような内発的要因の2つの潮流が互いに絡み合い、相互に影響を与え合いつつとして展開していったのではないかと考えられる。

　さてポルタン以降のフィンランド教養社会において、ロマン派がどのようにして形成されていったのであろうか。トゥルクロマン派に先立ってフィンランド文壇で活躍した人物としてフランゼーン (Franz Franzén, 1772〜1847) の名をあげておきたい。彼はポルタンを師としており、1798年に若くしてオーボ・アカデミの文学の教授に就任した俊英である。彼はスウェーデン語による膨大な数の詩文を発表しており、詩人としてのその功績はアルヴィドソンなど遠く及ばないものがある。その主な作風は、自然の中にある永遠の美や神聖さを描き出そうとしたものであったのだが、詩人フランゼーンの作品は、まさしくフィンランドロマン主義文学の先駆けになるものと言っていいだろう。そして彼のもとで教えを受けた学生たちが、文芸活動へと踏み出していくことになるのである。

　以下にフランゼーンの詩を紹介しておきたい。彼の『詩集』(*Valda Dikter*, 1881) の冒頭を飾る「ミューズ」("Sångmön") という作品の一部である。

　　　…釣り下がっているのは私の竪琴ではない
　　　ポプラの木のてっぺんにあるのは花の冠だ！

　　　空を見ろ！そこには天使のような乙女
　　　私には木の葉のあいだから見える

> かつて私には見えなかった。その瞳を
> その薔薇色の顔を、そしてその微笑を。
>
> セルマ (Selma) ！それこそ君だ。以前君は
> 私のミューズ (sångmö) であり、私の友達だった
> 君は、その麗しい君はその頃はるか彼方へと去って
> いった、
> だけど君はいまここに戻ってきた！…[32]

　ミューズ（muse）とは、ギリシャ神話に登場する文芸・学術・音楽・舞踏などをつかさどる女神のことを指すが、詩的霊感あるいは詩人を表して使われる言葉でもある。この詩では、セルマすなわちミューズを神々しい乙女として幻想的かつ優美に描き出している。そしてセルマという存在を通して、詩才あるいは詩人というものが神から与えられた聖なる賜物であることも示唆している。

　この「ミューズ」という作品は、フィンランド文学史における新しい時代の幕開けに寄与したと言えるだろう。なぜならば1815年にフランゼーンの教え子であったリンセーンが中心となり、上記の詩に登場する乙女にちなんで「セルマ連盟」(Selma-liitto) なる団体が創立されたからである。この名称は、会員たちがフランゼーンの教えを受け継ぎ、発展させていこうとする意志を表すものであろう。まさに「新しい詩」、「新しい学問」を創出することこそセルマ連盟が掲げた使命であった。この団体には、リンセーンとともにアルヴィドソンら青年文学者たちが会員として名を連ねた。なおその名称は「アウラ協会」(Aura-seura) に変更されている[33]。この名称は、トゥル

クの街を流れるアウラ川にちなんで付けられたものと思われるが、他方でこの団体の会員たちは、あのポルタンが中心となって秘密裏に設立された組織「アウロラ協会」(Aurora-seura, 1770〜1779)の復活を目論んでいたのかもしれない（筆者注：アウロラ協会は、フィンランドの歴史や言語、そして民俗詩などに関心を持つ知識人によって構成されていた）。または、スウェーデンロマン主義のアッテルボムが作った「アウロラ協会」(Aurora förbundet) を模倣しようとしていたのかもしれない（第三章第一節）。

　ともあれセルマ連盟（アウラ協会）の創立は、フィンランドロマン主義運動にとって記念すべき日の出となった。その光はまだ小さく弱いものであったが、フィンランドにおける新しい文芸・思想の到来を告げる曙光となったのである。それは、1817年に季刊誌『アウラ』(Aura, 1817〜1818) が創刊されたことにも表れている。同誌はリンセーンが中心となって発刊されたもので、スウェーデンロマン主義に影響を受けた創作詩、ゲーテ（Johann Wolfgang von Goethe, 1749〜1832）に代表されるドイツの詩文作品のスウェーデン語翻訳、哲学や歴史、フィンランド語やフィンランドナショナリズム思想に関する論説などが掲載された。同誌の内容については、「ウプサラの雰囲気」(Upsalan henki) がすると評されたほど、スウェーデンロマン主義の流れを汲んでいたとされている。また同誌については、フィンランド保守勢力から検閲の必要性が提起されるなど警戒の目で見るむきもあった。なぜなら同誌のナショナリズム的傾向が、「革命主義」を代表するものと見なされたからである[34]。

　『アウラ』は短期間のうちに発行を終えてしまったが (1817

〜 1818)、フィンランド独自の文学・言論の場を創り出そうとする意欲的な試みであり、フィンランドロマン主義運動の「萌芽」となったことは確かであろう。以上、トゥルクロマン主義運動の誕生までの経緯とその文学的・思想的背景について述べてきたが、次にこの運動の主な内容について、アルヴィドソンの活動を通してもう少し具体的に紹介することにしたい。

2. トゥルクロマン主義運動とアルヴィドソン

　アルヴィドソンの活動は多岐に及んだ。まずは出版事業から見てみよう。彼は、1821年1月から10月にかけて文芸・評論誌『オーボ・モロンブラド』を計40号発行している。創刊号の中で彼は、同誌発刊の理念について「芸術と学問の神聖さ」を強調し、それらを「郷土の人々に啓蒙し教える」[35]ことであると述べている。彼が、詩の芸術性や精神性などを説いた論文や叙情的な詩文作品を同誌に発表したのは、こうした方向性に沿ったものである。同誌のもう一つの大きな目的は、フィンランド人知識層に対して、民族的な自覚を促し、自立的な精神を鼓舞することであった。そのため同誌の論文の中で彼は、民族や言語の神聖さを高唱し、フィンランド人としての一体性を力説したのである（その具体的な内容は前節までに紹介した通りなので、ここでは繰りかえさない）。民族問題を論じる彼の筆鋒は、「反ロシア」を公然と唱えるなど、体制側の肺腑をえぐるほどの切れ味を見せた。結局同誌は、その論調がフィンランド当局によって咎められ、1821年9月30日に発行差し止め処分を受けることになる。翌22年に彼は、オーボ・アカデミの講師の職を解かれる。そして1823年になるとストックホル

ムへ'追放'されてしまうのである。これはすべて彼自身の筆が招いたことであった。

　トゥルクロマン主義運動は、アルヴィドソンの活動に見られるように出版事業、民族問題や社会問題に対する論説の発表などが特徴的であったが、それらと同等にあるいはそれら以上にトゥルクの青年文化人たちが大きな力を傾けたのが文学、特に詩の創作であり、そしてフィンランドの地方に古くから受け継がれている民俗詩を収集することであった。

　アルヴィドソンは、1814年頃からフィンランドやスウェーデンの新聞や文芸誌に自作の詩や論説などを寄稿するようになった。それにつれて彼は、美と神聖さを謳い上げる詩人として名を馳せることを夢見るようになる（第二章第四節）。アルヴィドソンをはじめとするトゥルクの青年文学者たちは、ドイツやスウェーデンの叙情的でファンタジーに溢れ、そして感性豊かな詩文作品に触発されて、自分たちも競って詩を創作し、発表したのである。アルヴィドソンが詩の理念というものをどのように捉えていたかは第三章においてさらに解明していくが、ここで端的に言うと彼を含むトゥルクのロマン主義知識人たちは、詩というものを聖なる精神と永遠普遍の美を称える崇高な芸術として位置づけていた。この点を示唆しているのは、『ムネモシュネ』第32号(1819年4月21日付)に掲載された「A.W. シュレーゲルの見解」("Reflexion av　A.W. Schlegel")という1ページに満たない文章である（作者は不明）。その冒頭において、「私は、哲学、詩、宗教、そして道徳というものが人間の魂について神がなされた4つの聖なる御業であると言いたい」[36)]と述べられているが、この言葉は、詩あるいは詩作に対するト

ゥルクの青年文学者たちの理念を代弁していると言えよう。

　アルヴィドソンの詩文の出色となるものは、フィンランド民族の精神の尊さや不屈の決意を謳い上げた作品であろう。そうした作品はまさに'ナショナリスト'アルヴィドソンを面目躍如たるものにしている（第四章）。

　アルヴィドソンの活動の内容として、次に民俗詩とその収集について述べる。アルヴィドソンらトゥルクロマン派の人たちは、フィンランド語を日常言語として使う地方の農民たちのあいだで昔から連綿と伝わってきた民俗詩に大きな関心を寄せた。例えばアルヴィドソンは、フィンランドの北の地方では、カンテレ（フィンランドの民族楽器）の調べにのせて歌われる詩歌とともに、過ぎ去った遠い昔の時代の「匂い」が響いていると述べているが[37]、彼は、そうした民俗詩の持つ意義として、民族の父祖の精神がそこに息づいているからであり、そして民族の文化の源流がそこに見られるからであると述べている。

　特にアルヴィドソンは、民俗詩が民族の言語の観点から大いに価値のあるものと考えていた。例えば彼は、「太古の時代の詩は、我が郷土の言語にとって尽きることのない非常に高貴な金属のようなものである」と述べている。それは、「その時代のフィンランド人が使っていた言語の核となるものについての豊かな宝を含んでいるから」[38]であった。言語と詩の関係について彼は、「言語と詩は一緒に、そしてお互いを通じて発展する」[39]と述べているが、「言語ナショナリズム」の立場に立つ彼は、言語と詩が、民族の維持・発展のために分かちがたく結びついた不可欠の要素として見なしていた。彼によれば、「母語の歴史に重要なものとして名前をあげるとすれば、それはも

っぱら民族の詩」[40]なのであった。

　さて民俗詩に関心を持つトゥルクロマン派の人々は、フィンランド各地のみならずロシア、スウェーデン、ノルウェーなどに居住するフィンランド民族や人種的に近隣関係にあるとされた人々を訪ね歩いて、そうした人々のあいだで昔から伝わっている詩歌、神話、ことわざ、祈りの言葉などを掘り起こして出版した。これは、フィンランド民族の文化が豊かで創造性に溢れたものであることを知らしめようとするものであった。アルヴィドソンもこのような取材旅行を行っている。以下に、そうした民間伝承を下敷きにしたアルヴィドソンの詩の一部を紹介することにしたい。この詩は「ヴァイナモイネンの竪琴」("Wäinämöinens Harpa") という表題の作品で、フィンランド中部の北サヴォ地方の伝承に基づくという注釈が付されている。なお原文テキストはスウェーデン語で書かれているが、おそらくアルヴィドソンがフィンランド語から移し変えたものであろう。

　　　　ヴァイナモイネンが
　　　　魚の骨でできているカンテレを弾いているあいだに、
　　　　魚のあばら骨の音を鳴らしているあいだに、
　　　　こうしたものは森には見られない
　　　　それは二つの翼で飛んでいるもの、
　　　　それは四つの足で走っているもの、
　　　　彼らはあわてることなく聞きに行った、

　　　　ヴァイナモイネンが

魚の骨でできているカンテレを弾いているあいだに、
　　　魚のあばら骨の音を鳴らしているあいだに、
　　　森から熊が出てきた
　　　野原に向かってまっしぐらに出かけていった

　　　ヴァイナモイネンが
　　　魚の骨でできているカンテレを弾いているあいだに、
　　　魚のあばら骨の音を鳴らしているあいだに、
　　　森のお爺さん
　　　赤い靴ひもを結んでいる

　　　ヴァイナモイネンが
　　　魚の骨でできているカンテレを弾いているあいだに、
　　　水辺には美しい母親もいる
　　　あわてて青い靴下を履いて
　　　緑の草の上に座った、
　　　カンテレの調べを聞くために

　　　ヴァイナモイネンが
　　　魚の骨でできているカンテレを弾いているあいだに、
　　　魚のあばら骨の音を鳴らしているあいだに、
　　　ヴァイナモイネンの
　　　瞳から涙が流れる、
　　　クランベリーの大きな実よりも丸々と、
　　　ライチョウの卵より大きい…[41]

この詩は、スウェーデンの文芸誌『ポエティスク・カレンデル』1820年号に掲載された。文中の「ヴァイナモイネン」とは、あの『カレヴァラ』にも登場するフィンランドの伝説上の詩人である。上の詩の中では、ヴァイナモイネンと周りの情景が繰りかえしてテンポ良く描き出されている。このような素朴で軽妙、時に情感の湛えた詩歌を、無名の歌い手たちが僻地の寒村で絶やすことなく歌い継いできたのだろう。この詩作品は、アルヴィドソンが独自に「発掘」した伝承に依拠していたのかは定かではないが、この伝承に限って言えば、当時のフィンランド人のあいだである程度知れわたっていたと推測できるかもしれない。その点に関して示唆的なのは、アルヴィドソンの詩「ヴァイナモイネンの竪琴」で表されたものと同様の情景が、後年ロンロートによって編纂・刊行された『カレヴァラ』の中に見られることである。カレヴァラの「第41章ワイナミョイネン(ママ)の演奏」の中では、アルヴィドソンの詩にも登場する「ワイナミョイネン」が「魚の骨のカンテレ」を弾きながら歌を唄い、それに聞き入る「熊」などの動物たちや「青い靴下」を履いている「森の女主人」、そして「蔓苔桃より大きくて」「雷鳥の卵よりもまろやか」な涙を流す「ワイナミョイネン」の様子や登場人物それぞれの心情などが、アルヴィドソンの詩よりもさらに情感豊かに、そしてもっと幻想的に描写されている（リョンロット(ママ)編、小泉保訳『カレワラ　下』岩波文庫、1976年、241-248ページ、原作は1835年と1849年に出版）。

　ともかくヴァイナモイネンや様々な人物が織りなす伝説は、フィンランドナショナリズムの大きな文化的、精神的拠りどころとなったことは確かである。この点については、『カレヴァラ』

が、まさにフィンランドの国民文学にまで昇華したことを指摘するまでもないことであろう。アルヴィドソンたちトゥルクロマン派の青年文学者たちは、このような民族の「宝物」の発見を通して、先祖たちの生き生きとした日常の営みや豊かで繊細な感性を再認識し、フィンランド民族の文化の独自性すなわちスウェーデンやロシアとも異なる特徴を持ったものであることを示そうとしたのである。

　以上本節では、トゥルクロマン主義運動の誕生の経緯とその文学的・思想的背景について、そしてトゥルクロマン主義運動の主な内容について、アルヴィドソンの活動を取り上げて述べてきた。この運動をさらに総体的かつ複眼的に捉えるために、次節ではアルヴィドソン以外の人物の活動を点描的に紹介することにしたい。

第四節　トゥルクロマン主義運動の群像

　本書の冒頭でも触れたがフィンランド人研究者タルキアイネンは、トゥルクロマン主義運動の主要人物を「ナショナリズム的－政治的」「芸術的－文学的」という二つの傾向に基づいて分類している。それによれば、前者の傾向が強いのが、テングストロム (Johan Tengström,1787-1858)、リンセーン、アルヴィドソン、エールストロム (K.G. Ehrström, ？～？)、後者がゴットルンド (Karl Gottlund,1796 ～ 1875)、トペリウス (vanhempi Sakari Topelius,1781 ～ 1831)、ショーグレン (Andres Sjögren,1794 ～ 1855)、フォン・ベッケル (Reinhold von Becker,1788 ～ 1858)、レンヴァル (K.Renvall, ？～？)、ポッピウス (Abraham

Poppius,1793～1866) であった[42]。これらの人物に加えて、フィンランド人研究者ポホヨラン＝ピルホネンは、ショーストロム (Axel Sjöström,1794～1846)、そしてユテイニ (Jaakko Juteini,1781～1855) の名を19世紀初期の主なフィンランドロマン主義者として記している。ただしユテイニは、トゥルクロマン派とほぼ同時代にフィンランド東部の都市ヴィープリ（Viipuri、現在はロシア領）で活動したロマン主義者である[43]。以下では便宜的にトゥルクロマン主義運動の主要人物の活動を、詩の創作、出版、民俗詩などの収集という分野にわけて説明する。

　上記の人物のうちで、アルヴィドソン、ポッピウス、ショーストロムといった人たちは詩人として評価されている[44]。とりわけスウェーデンロマン主義の中心的人物であるハマルスコルド (Lorenzo Hammarsköld ,1785～1827) は、アルヴィドソンとショーストロムの作品に注目していた[45]。この二人は、『アウラ』誌（前出）において競うように自作の詩を発表したライバルであり、お互いの詩作品をめぐって容赦のない批判の応酬をした仲でもあった。例えばアルヴィドソンは、ショーストロムの詩が感傷的で幻想的な傾向が強いことを批判し、民族性や歴史性をもっと重視すべきだと力説したのであった[46]。

　参考までにショーストロムの作品と思われる詩「初めての口づけ」("Den första Kyssen") からその一部を紹介しておこう。この詩は『ムネモシュネ』第29号（1819年4月10日付）に掲載された。天使、夢、少女に対する憧れが幻想的に描かれている。その意味でロマン主義的特徴が表れた詩である。

その男が横たわっていた、たった一人で、
ゆりの花のベッドの上に、大地のふところ近くに、
そして小さな天使たち、かわいらしく清らかで
手に手をとって、喜びにあふれて、彼の周りを回っていた。

そして夢の中で、彼は目にした。大波の中から逃れ出たことを
その夢の中で、彼は美しく優しい人を見た；
彼は目覚めて、その麗しい人に会うために出かけていく―
けれど彼のそばには彼自身の姿が立っている。

彼女はそこに死んだように立ちすくんでいた；―聖なる幻の中で
彼女をしっかりと抱きしめることを彼は夢見ていた、
そしてバラのような唇と口づけをかわす、静かに―静かに、
初めてだ、生命の甘美な喜び。

青春時代に東方へと赴いた時、
女神の頬には紫の光が差していた。
その時心が目覚めた、それは初めての鼓動、
秘かにため息をついた、それは芳しい香りを放つ風のように
甘美だ[47]。

　次に出版事業についてであるが、この分野ではリンセーンやフォン・ベッケルの功績が大きいと言えるだろう。リンセーンは、フィンランドロマン主義運動にとって記念すべき『アウラ』

の創刊に中心的役割を果たしたことは既述の通りである。しかし 1818 年に同誌の発行が中止になると、すぐ翌年に彼は、『ムネモシュネ』を新たに刊行するのであった。1819 年 1 月 2 日の創刊号に掲載された「発刊の辞」("Förord") では、「フィンランドには、重要な真実、見解、思想、人間や市民の文化を向上させる知識を迅速に広めるための効果的な手段である文学新聞や刊行物がなかった」[48] と述べられており、同誌は文学のみならず、広く社会的問題まで扱うことを意図していたことが分かる。したがって先に引用したロマン主義的な詩文のみならず、アルヴィドソンの民族問題に関する論説 (「フィンランド人の国民性について」第 60 号：本章第二節) のような政治色の強い文章まで掲載されたのであった。しかし同誌は、1823 年に発行停止へと追い込まれることになる。それは、ロシアに忠誠を誓う士官を嘲弄したアルヴィドソンの文章が同誌に掲載され、それがロシア皇帝の不興を買ったためであった。この筆禍事件のために彼は、スウェーデンに移ることを余儀なくされたのである。

　フォン・ベッケルについては、何よりも彼が、フィンランド語紙『トゥルン・ヴィーッコ・サノマト』(*Turun Wiikko Sanomat*, トゥルク週刊新聞、1820 〜 1827、1829 〜 1831) の創刊者であったことで高く評価されている。当時のフィンランドは未だに公用語がスウェーデン語であり、フィンランド語の立場は社会的に認められていなかっただけに、同紙創刊の意義はフィンランドの出版史の中で看過できないものとされている。1820 年 1 月 8 日付創刊号の冒頭において、発刊の目的が次のように述べられている。「今まで二つのことが望まれてきた。

そして三番目のことがさらに求められる。それは第一にフィンランドの若者が書物をしっかりと学び、きちんと読めるようになることである。第二にフィンランド人の書物が通用している言葉で書かれるようになり、その他の欠点が正されることである。第三にフィンランド国民が必要な情報を、それは依然として不足しているのだが、書物から容易に得ることができるようになることである」[49]。

　文中の「通用している言葉」(kielen murteista) とは、当時公用語ではなかったフィンランド語のことを指している。上記の文言が示す通りフォン・ベッケルは、この『トゥルン・ヴィーッコ・サノマト』の発行を通じて、フィンランド語の普及と教育の拡充を目指したのであった。この新聞のほかに彼は、1824年に『フィンスク・グラマティク』(*Finsk Grammatik*、フィンランド語文法) という教科書を出版して、フィンランド語教育の分野でも具体的に貢献した。さらに彼は、当時使用されていたフィンランド語の文字のうちで、「d」のような不必要な文字を外すなどフィンランド語の整備を行ったのであった[50]。

　民俗詩や様々な民間伝承など文化や歴史的事象の収集、そしてフィンランド語や民族に関わる調査の分野では、ゴットルンド、ショーグレン、トペリウスらが大きな足跡を残した。またフィンランドにおける民俗詩の存在と価値を主張した人物として、テングストロムの炯眼が称賛された。ここではテングストロムとゴットルンドについてふれておきたい。

　テングストロムは、オーボ・アカデミの文学史などの教員を務め、その門下生にはのちにフィンランド語公用語運動で大きな役割を果すことになる「ヘルシンキロマン派」のスネルマ

ン（前出）がいる。テングストロムはまさに次世代への'架け橋'となった人物であった。そのほかに彼は詩人としても活動し、多くの作品を残している。また歴史や哲学にも造詣が深く、あのヘーゲルの教義をフィンランドに紹介するなど学問の人でもあった。他方で彼は、フィンランドの青年知識人たちを魅了したロマン主義思想や文学には距離を置いて接していたようである。また当時フィンランド民族が置かれた従属的立場に関して、アルヴィドソンのようにロシアを排撃せんとする激しい発言も見当たらない。つまりテングストロムはナショナリストではあったが、「机上」の人であり、「活動家」ではなかったのである（筆者注：テングストロムが政治的にいかなる立場をとったのか断定するほどの史料を持ちあわせていないが、彼の詩にはスウェーデンとスウェーデン国王を礼賛する作品がいくつかあることは興味深い。注51）参照のこと）。

　トゥルクロマン主義運動においてテングストロムが高く評価されているのは、彼が『アウラ』第1号と第2号に寄稿した論文「フィンランドの文学と文化に関するいくつかの障害」("Några Hinder för Finlands Litteratur och Kultur") のためである。この論文において彼は、フィンランド民族のあいだで歌い継がれてきた民俗詩の収集の必要性を強調し、またフィンランド語教育の重要性を訴えた。この論文は、フィンランド文学・文化運動の方向性を指し示したものとして評価されている。フィンランド人研究者カストレーンによれば、この論文に刮目し、フィンランド文学は独自性を追求すべきであると力説したのがスウェーデンロマン主義のハマルスコルドであった。彼はテングストロム論文に対する評価の中で、フィンランドの民俗詩はヨ

ーロッパのすべての知識人にとって関心事であるとし、フィンランドの文学刊行物は自分たちの民俗詩を取り上げるべきであり、ドイツロマン主義の文献の翻訳を掲載しても意味がないと述べている。そしてハマルスコルドは、「フィンランド文学はもはやスウェーデン文学の一部ではない」と断言して、フィンランド文学が自立すべきことを説いたのであった[51]。

　フィンランドの文化事象を網羅的に収集したのはゴットルンドである。その成果は、彼の代表的な著作『オタヴァあるいはフィンランド人の娯楽についてⅠ―Ⅲ』(*Otava eli suomalaisia huvituksia Ⅰ―Ⅲ*) となって刊行された。その内容は、言い伝えや格言、民俗詩や民謡の楽譜、民衆の風俗やイラスト、フィンランド語とフィンランド人移民の変遷など多岐に亘る。第一巻の冒頭においてゴットルンドは、「多くの場合において、いかにいまだに些細な事柄がずっと大きな影響を及ぼしているかということ、そしていかにわれわれの生活が、かなりの程度でそれぞれの事柄の性向に依存しているかということ」[52] を明らかにするのが同書の狙いであると述べている。同書がフィンランド語で叙述されていることを考慮するならば、この文言が意味しているのは、それまであまり顧みられることのなかったフィンランド語庶民の日常生活の様子を実際に探査し、その細部までつまびらかにすることで、日常に溢れている'フィンランド性'を庶民に知らしめようとしたことが作者の意図するところではないかと思われる。この著作はいわばフィンランド民俗文化の'百科全書'であり、フィンランド文化史における特筆すべき作品であると言えよう。（筆者注：フィンランド語のオタヴァ Otava とは農機具の鋤を指すが、広くは農業を象徴する

言葉である。なおこの言葉は北斗七星も意味する。)

　同書の第三部においてゴットルンドは、ノルウェーやスウェーデンに移住したフィンランド民族のあいだで使われているフィンランド語について考察を行っている。彼は、こうした移住者の「話しぶりからわれわれの言語（フィンランド語）について何か学ぶことができる」（括弧は筆者）と考えたのである。ゴットルンドによれば、こうした在外フィンランド人はおよそ300年前（1500年代）にフィンランドから移り住んだ人たちで、彼らは古いスタイルのフィンランド語を用いたという[53]。こうした移住者の言葉使いや彼らの様々な記憶は、「本国」に暮らすフィンランド人に、民族と言語の歴史性や独自性をあらためて認識させるものであったと言えよう。

　このゴットルンドの大作についてフィンランド人研究者ポホヨラン＝ピルホネンは、フィンランド文学の記念碑と称揚するほどのものではなく、またゴットルンド自身にもそうした壮大な成果を上げるほどの力量はなかったと厳しい評価をしている。他方でポホヨラン＝ピルホネンは、このゴットルンドの著作が最初のフィンランド語文学であるとともに、フィンランド語による最初の学問の選集として意義深いのであり、そしてゴットルンドが、あの『カレヴァラ』を編纂したロンロート以前に最も多くの伝承詩歌を収集した人物として功績があるとも指摘している。ともあれゴットルンドの業績は、フィンランド語研究とフィンランド民俗文化の研究における'曙光'となったことは確かである[54]。

　さて、いままでトゥルクロマン主義運動の主要人物の活動や業績を紹介してきたが、最後にユテイニを取り上げたい。既述

したように彼は、トゥルクロマン派とほぼ同時代に当時フィンランド領であった東部の都市ヴィープリの文壇で活躍した人物である。彼は、いちはやくフィンランド民族文化の独自性に着目したあのポルタンの門下生であり、フィンランド語の価値とフィンランド民族精神を何よりも強く擁護したナショナリストであった。彼は、ヴィープリで初めてのフィンランド語新聞『サナン・サータヤ・ヴィープリスタ』(*Sanan Saataja Wiipurista*)の創刊者の一人であり、またフィンランド語による詩や文章を数多く発表している。それらは、2009 年に新たに編纂された『ヤーッコ・ユテイニ著作集Ⅰ・Ⅱ』(toimi.Krohn,Klaus, *Jaakko Juteini Kootut Teokset Ⅰ・Ⅱ*, Viipurin Suomalainen Kirjallisuusseura, 2009) に所収されている。その中から、フィンランド語を賛美している詩を抄訳して以下に記す。表題は「フィンランドの疑念と希望」("Epäilys ja toiwo Suomessa") である。

> フィンランドの言葉、貴重な宝石、
> ああ、まだまったく誰も知らない
> ごつごつした岩のようだ；
> だけど白く輝くだろう
> 言葉の美しさによって
> われわれの揺るぎなき知恵、
> それは宝石の貴重さのようなもの[55]

　ユテイニについては、「フィンランドナショナリズムの擁護者」であり、「人民の教育者」、そして特にフィンランド語を話す地方の農民たちに、自分たち自身や農村社会の存在価値を知

らしめたと評価されている。彼は確かにナショナリストであり、その言説はアルヴィドソンと並んで、同時代の他のフィンランドロマン主義者よりも強い光彩を放ったという見方もある。しかしながらユテイニの胸臆では、フィンランドナショナリズムと反ロシアは'同居'していたわけではなかった。むしろ彼は、当時のフィンランド大公すなわちロシア皇帝アレクサンドル１世を強く支持しており、彼の詩の中でアレクサンドル１世は、フィンランドの偉大な'庇護者'として描かれていたのであった。参考までに彼の詩「皇帝アレクサンドル１世兼フィンランド大公へ、フィンランド国民より」("Aleksanderille Ⅰ. Keisarille ja Suurelle Ruhtinaalle Suomen Kansalda")からその一部を以下に紹介する。

　　　親愛なる我らが大公、
　　　フィンランドの老庇護者よ！
　　　かの人は玉座に鎮座まします
　　　……
　　　多くの国民が謝意を献ずる
　　　その慈悲深さを口にする、
　　　それは心から生まれ出たもの
　　　いつでも身を捧げる決意
　　　燃え上がる炎の中へ、
　　　それはすでに
　　　真昼の太陽のように輝いている、
　　　　寛容さと慈愛を賜る
　　　あまねくフィンランドに注ぎ込んでくださる[56]

ユテイニは、ロシア皇帝がフィンランドに対して独自の政府の樹立（自治）を認めたことについて、それは「われわれが心から追い求めてきた利益」であるとして、強い謝意と敬意を表している[57]。それゆえに彼は、アルヴィドソンのようにロシア支配の打倒を公に訴えはしなかったようである。つまりユテイニは確かにナショナリストであったが'革新主義者'ではなかったし、'独立主義者'でもなかったのである。ユテイニに見られるこの「二面性」は、トゥルクロマン主義運動の限界を示すものであろう[58]。

第五節　トゥルクロマン主義運動の社会的評価

　本章では、アルヴィドソンを中心としてトゥルクロマン主義運動について概観してきた。ナショナリズムの観点からこの運動を見た場合、その思想的核心は、民族固有の言語であるフィンランド語を紐帯として民族の一体性を形成すべきであるという「フィンランド人主義」であった。ここで提起されるべきは、このような思想に立脚するトゥルクロマン主義運動が、1810年代から20年代のフィンランド社会においていかなる影響力を持ちえたのかという問題である。この問いは、具体的に次の二点に集約することができる。第一にトゥルクロマン主義運動には、国民各層の民族意識を覚醒させるほどの思想的かつ政治的な求心力があったのか、第二にトゥルクロマン主義運動の「フィンランド人主義」思想が、当時のロシア帝政に代わる支配イデオロギーとして受け入れられるほどの政治的・社会的環境が

整っていたのか、ということである。これらの論点を考察するための手がかりとして、以下にフィンランド人研究者ヴァルカマ、ポホヨラン＝ピルホネン、クリンゲの言説を紹介することにしたい。

　ヴァルカマは、フィンランドロマン主義運動の歴史の中で、トゥルクロマン主義運動を次のように「初期段階」と位置づけている。「いわゆるトゥルクロマン派は、ある種の初期段階の指標を示した。それは、若者の熱狂、行動を起こすことへの慎重さ、目標の追及と達成することへの不熱心さであった」[59]。このヴァルカマの説から、トゥルクロマン主義運動は、明確な構想と決然たる意志を示すことのできないといういわば'幼年期'にあたるものであることを確認することができる。

　ポホヨラン＝ピルホネンは、一般論としてロマン派の文芸人の多くが保守的であり、当局の弾圧を免れるために、時に政治問題に対して批判的な態度をとることを慎んだ者もいたことを指摘する[60]。トゥルクロマン主義運動の性格は、まさにこの説の通りであったのかもしれない。確かにロマン派の文芸や思想の主題は、客観性よりも主観性を重視し、個人の内面に潜む感情の動きを照射しようとするものであったため、自己の理想を実現すべく社会に対して積極的に関与しようとする姿勢は不足していたかもしれない。同時にロマン主義者には、政治的な圧力に抗しきれるほどの耐久性も不足していたとも言える。前述したユテイニの「二面性」は、このようなロマン主義者の'繊弱さ'の証左であろう。

　ただし、アルヴィドソンの位置づけに関しては一考を要する。ポホヨラン＝ピルホネンによれば、アルヴィドソンはフィ

ンランドロマン主義の歴史の中で、スネルマン以前に現れた「炎のような精神を持った人」であり、「唯一の闘士そして雄弁家」[61]なのであった。この点については、民族の純粋性を謳い上げる彼の情感が溢れた詩文やロシアのフィンランド支配を批判してやまない激しい言説が如実に示している。それゆえアルヴィドソンは、当時のロシア支配体制に否定的態度をとるよりも、むしろ穏健な立場を維持した同時代の文化人の心性とは相容れなかったのであろう。例えば彼は文学の理想を高く掲げ、民族精神の高邁さをしきりに訴えるあまり、アウラ協会の青年文化人たちとのあいだに'溝'が生まれてしまうのである（第二章第一節および第四節）。かくして崇高な目標を果てしなく追い求めようとするが、現実に確たる足場を持たないアルヴィドソンの思想と活動もまた、トゥルクロマン主義運動のもう一つの未熟さを物語るものであると言えよう。ただここで強調すべきは、彼をトゥルクロマン主義運動の中の単なる「例外」として扱うべきではないということである。むしろフィンランドナショナリズムの歴史における連続性の中で彼の存在を捉えていく必要がある。すなわち彼のフィンランド人主義思想は未だ細流ではあったが、次代のフィンランドナショナリズム運動へ注ぎ込まれていき、やがて1917年のフィンランド独立という大きな脈々たる流れに至るのである。

　最後にクリンゲのトゥルクロマン主義運動に対する評価を見てみよう。クリンゲは、1810年代にフィンランドに流入したロマン主義が、トゥルクの学生など一部のインテリ層を魅了したものの、その当時は理想主義哲学としてのロマン主義がフィンランドで多くの共感を得ることはなかったと述べている。

そして彼は、フィンランドにロマン主義の影響がはっきりと見られるようになったのは1860年代からであると指摘している。

　クリンゲは、19世紀初期のフィンランドにおいてロマン主義が普及しなかった理由について、当時のヨーロッパにおける政治、経済、社会上の構造的な変動がフィンランドに波及しなかったことと関連づけている。当時のヨーロッパでは、革命によるブルジョワの台頭とそれに伴う議会制民主主義の拡大、工業の成長、新聞の発達と世論の形成など従来の社会構造を覆す新しい現象が起きていた。文芸や思想の新しい潮流としてのロマン主義は、まさにこのような社会の変化を背景としていたのであった。しかしながら19世紀初期のフィンランドはロシア帝政の支配下にあり、こうした変化や改革の圧力は直接影響を及ぼさなかったのであった。つまり当時のフィンランドは、新しいヨーロッパから取り残されていたのである。クリンゲは、もしフィンランドで強力な文学上のロマン主義の動きが発生していたら、貴族や官僚から政治的な圧力を加えられたであろうと述べている[62]。

　さらにクリンゲは、ロマンティックな理想主義は、19世紀初期のロシアやフィンランドのエリートに対して、スウェーデンのように影響を及ぼさなかったと述べている。例えば当時のサンクトペテルブルグやフィンランドの貴族など支配階級を捉えていたのは、ロマン主義より一時代前の啓蒙主義時代の文化的伝統であり、18世紀の合理主義やネオヒューマニズムの理想であった。さらにロマン主義は、オーボ・アカデミなど当時のフィンランドの知的社会においても必ずしも優勢であったとは言えず、ネオヒューマニストや合理主義者との対立を克服す

ることができなかった[63]。結局トゥルクロマン主義運動は、ドイツやスウェーデンの模倣の域に滞留しており、フィンランド国民各層の心情を掴むまでに至っていなかったのである。

　以上の諸説を踏まえて言えば、第一にトゥルクロマン主義運動には、当時のフィンランド人の広範な層を惹きつける思想的かつ政治的な求心力が不足していたのであり、第二にアルヴィドソンらが標榜するような「フィンランド人主義」すなわちフィンランド語とフィンランド民族による国家というイデオロギーが、当時の支配エリートによって受容されるような政治的あるいは思想的な状況にはなかったのである。とはいえトゥルクロマン主義運動を過小評価すべきではないであろう。強調されるべきことは、この運動がフィンランドナショナリズムにおける「胚芽」なのであって、そして次代のヘルシンキロマン主義運動へと継承され、「萌芽」に至ったということである。

　本章で述べてきたアルヴィドソンのナショナリズム思想は、スウェーデンとロシアの二つの大国の狭間で翻弄されてきたフィンランド人に対して、そのどちらの側にもつくのではなく、'独立した人格'として歩む決意を問いかけるものであった。しかし彼が思い描いた民族の自立、そしてその先にある独立国家の実現は、トゥルクロマン主義運動の時代からまだおよそ一世紀の時を待たなければならなかったのである[64]。

第二章　アルヴィドソンの「詩の砦」：詩人への道

　前章では、アルヴィドソンとトゥルクロマン主義運動の特徴について俯瞰的に説明した。本章以降は、詩人としてのアルヴィドソンに光を当てて行きたい。まず本章では、彼の学生時代におけるロマン主義文学・思想の受容ということを主たる焦点にして、それが彼にいかなる文学観・世界観をもたらしたのか検討する。またこれ以外にも、彼の出自と両親、友人関係、政治と戦争、学業と学生生活、スウェーデンロマン主義者との交流などの様子を取り上げて、彼が詩の世界に傾倒していく過程を辿っていくとともに、このような現実の様々な狭間で垣間見られる彼の人間性なども照らし出していきたい。

　本章では、少年時代から青年時代（学生時代）までの彼の歩みを振り返っていくことになるが、その前に彼の出自や家庭環境と性格の関連性、そしてスウェーデンへの愛着とスウェーデン国王カール12世（Karl XII, 1682～1718）への崇敬と憧憬の念について述べておきたい。そもそもアルヴィドソンはフィンランドで生を受けたものの、スウェーデン人移民の子孫であり、そしてスウェーデン語を日常の言語として使用していたことから、このようなスウェーデンに対する思慕の念は当然であると言えるかもしれない。ただこのような彼の心情は、原初的な民族意識の発露と見なすことができるであろうし、民族的ロマン主義者としてのアルヴィドソンの思想と行動を探究するにあたって、いわば思想的種子として位置づけることも可能であろう。

詩人アルヴィドソン序説

第一節　アルヴィドソンの人物像：出自と性格

　青年時代（学生時代）のアルヴィドソンは、文学特に詩を通じて新しい文学を勃興させ、民族の精神を高揚させるという理想を高く掲げた。こうした彼の姿勢が若い知識人や学生を惹きつけて、彼は同好の士の中でも一目置かれる存在となったのである。彼は、公には何らかの学生団体の指導者の立場になかったものの、学業では優秀な成績を収め、豊富な文学の知識を持ち、さらに文学の領域で新しい理想を示した者として、学生のリーダー格に遇されたのであった[1]。この理想主義、積極性、統率力、そして以下で述べるように傲慢だと批判されるほどの狷介さといった人柄は、アルヴィドソンの思想や行動の形成にあたって大きな要因となったのではないだろうか。以下ではこのような彼の性格について、その出自や家庭環境との関連において分析を行うことにより、彼の人物像を明らかにしたい。

　既にふれたようにアルヴィドソンの家系は、元々スウェーデン出身であった。アルヴィドソン自身が執筆した回想記のフィンランド語訳「私の履歴」（"Elämänvaiheeni"）によれば、分かっている限りで最も古い祖先の名はイェスタフ (Göstaf) で、スウェーデンのニョーケル (Nyåker) の農夫であった。その息子がアルヴィドソンの曽祖父アンデルス・ヴェッレ (Anders Werre) で、彼はストックホルムの靴職人の親方として働き、1757年〜1762年のポメラニアン戦争 (Pommerska Kriget) にスウェーデン軍大尉として出征している。このアンデルス・ヴェッレの息子がアルヴィドソンの祖父にあたるアルヴィド・ヴェッレ (Arvid Werre) で、やはり靴職人であった。彼の代にフィンランドに移住しており、フィンランドの南部地方のポリ (Pori) で

アルヴィドソンの父親にあたるアドルフ・アルヴィド・ヴェッレ (Adolf Arvid Werre) が生まれている。アドルフ・アルヴィドはフィンランドで教育を受け、1778 年に大学に入学している。その頃に姓をヴェッレ (Werre) からアルヴィドソン (Arwidsson)に改めている。アドルフ・アルヴィドは、1788 年にフィンランド中南部地方に位置するパダスヨキ (Padasjoki) の牧師に就任し、翌年アンナ・カタリナ・モリン (Anna Katarina Molin) と結婚した。そして 1791 年 8 月 7 日に、アドルフ・イヴァル・アルヴィドソンが 9 人兄弟の 2 番目の子供として生まれたのであった[2]。彼は、幼年時代をパダスヨキで過ごした。その後父親が中部地方のラウカー (Laukaa) の牧師に転出することになったため、一緒に同地へ移り、ペッロスニエミ (Pellosniemi) の学校で学んだ。彼は、1806 年に親元を離れて南部地方のポルヴォー (Porvoo) にある高等学校に入学、そして 1810 年にオーボ・アカデミに入学へと至るのである。

　ところでフィンランド人研究者カストレーンは、アルヴィドソンの思想や行動に両親の性格や能力が影響していたことを指摘している。父親アドルフ・アルヴィドは精力的で実際的、そして様々な分野で力を発揮した有能な人物であり、牧師のほかに農業や木材の伐採事業に手を広げ、またラウカーの財政部門を担当し、商業の発展にも尽力した。母親アンナは、牧師一族の娘であり、情緒的で内向的な人物であった[3]。アルヴィドソンが詩を通じて、民族の理想や精神、永遠の美、そして唯一絶対的な創造主という高邁な'内なるもの'をひたすら追い求めた姿勢に、母親の性格の影響を見ることができるだろう。後述の通り学生時代の彼が、最も大きな関心を示した文学は詩で

あったのだが、その甘美な世界に没頭するにつれて、詩人にとって英雄的な仕事とは民族の純粋性を説き、その存在を賛美する民族文学を創り出すことであるという使命感を抱くようになった。つまり彼は、「英雄詩人(sankarirunoja)の栄光」を目指したのである[4]。そしてアルヴィドソンが、父親アドルフ・アルヴィドのような精力的で実際的な性格も受け継いでいることは、ドイツやスウェーデンのロマン主義文学に惹かれていったトゥルクの青年知識人のあいだで、アルヴィドソンが嚮導者的立場にあったことに見られるし、また文芸誌『アウラ』（第一章第三節）の販売・配布の際に、こまごまと世話役的な活動をしたことなども証左となりうるものであろう[5]。

　理想主義者は、往々にして自己の思想を貫徹しようとするあまり、他者と容易に妥協することを拒む。その姿勢は、時に他者の目には傲岸で驕慢に映るのである。アルヴィドソンの場合がまさにそうであった。トゥルクのロマン主義文学者たちから成るアウラ協会（第一章第三節）の中で彼は、自己主張や批判欲が強い、学問を弄んでいる、尊大であると批判されていた。反対にアルヴィドソンは、アウラ協会の人たちが「煙のような」無駄なおしゃべりばかりしており、新しい文学の追求、民族精神の作興という高い理想にしたがって活動していないと苛立ちを見せていた。この人間関係の齟齬は、アルヴィドソンがややもすると独善にはしりがちな人物であったことを示している[6]。

　ところでアルヴィドソンは、もっぱら文学や民族の理想のために邁進し、'世俗'とは隔絶された禁欲的な人物であったわけでもなかったようである。彼は、ラムサユ男爵(Adolf

Ramsay)という知己を通じて、首都トゥルクの社交界にも出入りしており、やがて紳士然と振る舞うようになったという。のちにラムサユ家は、アルヴィドソンに対してスウェーデンのロマン主義文学者たちと接触する機会を提供するなど（本章第四節）、アルヴィドソンの思想形成過程において重要な役割を果たすことになる[7]。

フィンランド人研究者カストレーンは、アルヴィドソンの学生時代およびその後の精神状態が「輝くような積極性と陰鬱さ」のあいだを揺れ動いており、その内的不安定さを是正しようとして社交界では紳士のように、他方で友人のあいだでは厳格かつ精力的な人物として振る舞ったと指摘する[8]。いずれにしても彼は、文学や民族の理想に対して献身的であり、オーボ・アカデミの講師になってからは、その理想を社会に向けて高らかに提唱した。しかしながらこうした彼の「積極性」は、同志や社会に容易に受け入れられなかったのである。したがって彼の内面には、懊悩や焦燥感あるいは鬱屈感が宿ったことであろう。アウラ協会の人々との反目は、この点を物語っていると言えよう。

第二節　英雄への憧憬：スウェーデンとカール12世

少年ならば誰しも、山野を駆け巡り、敵を討伐し、そして勝利の凱旋を果たす勇猛果敢な英雄に敬慕の念を抱くものである。そして少年は、英雄の偉勲の中に自分自身を見い出そうとするものである。少年は、英雄に降りかかった苦難を自分も同じようにくぐり抜け、そして同じように勝利の栄冠を得たいと

空想にふけるのである。

　読書は、少年アルヴィドソンをそうした空想の世界へと駆り立てた。高等学校入学（1806 年）以前の彼が、特に耽読した分野は伝記や紀行文であった。祖父がスウェーデン人移民であった彼にとって、とりわけスウェーデンの英雄たちの武勇伝は、彼の心を湧き立たせたのである。そしてアルヴィドソンは、そうした英雄たちに自己を一体化させて、彼らと共に勝ち得た戦場における勝利に陶酔するのであった。次の彼の言葉は、その内面における勇躍ぶりを描写している。「私は、素晴らしいスウェーデンの英雄たちの生涯の物語を愛した。私はこれらの英雄たちと共に、スウェーデンがドイツ、デンマーク、ポーランド、ロシアで行ったすべての昔の戦争に出征するのであった。私は、自分がスウェーデン人であることに誇りを持っていた。私は軍隊の一員として戦闘に参加し、勝利を収めることを活き活きと思い描いた」[9]。

　歴世のスウェーデンの英雄たちの中で、アルヴィドソンが最も魅了された人物は国王カール 12 世 (前出) であった。カール 12 世は、18 歳の時にバルト海地域の覇権をめぐってロシアとの戦争に突入した。この戦争は、「大北方戦争」（Stora Nordiska Kriget,1700 〜 1721）と称されている。スウェーデンの交戦国は、ロシアのほかにデンマーク＝ノルウェー、ザクセン、プロイセンなどの諸国であった。上記のアルヴィドソンの空想「私はこれらの英雄たちと共に、スウェーデンがドイツ、デンマーク、ポーランド、ロシアで行ったすべての昔の戦争に出征するのであった」には、当然この「大北方戦争」も含まれただろう。この戦争の初期は、カール 12 世率いるスウェーデ

ン軍が圧倒的に勝利を収めたが、やがてロシア側の巻き返しなどで苦戦を被るようになった。そして彼は、1718年にノルウェー攻略の最中に銃弾に斃れ、非業の死を遂げたのであった。彼の死後スウェーデンは、諸国と講和条約を締結して戦争状態を終了させた。しかしながらこの講和によってスウェーデンは、領土の割譲を余儀なくされることとなった。この結果バルト海の覇権の帰趨は、ロシアのほうへ大きく傾いていったのである。

　アルヴィドソンは、カール12世を英雄として崇拝した。アルヴィドソンは、この若くして戦場に散った王について、まさに偉大な戦士であり、古代マケドニアのアレキサンダー大王（Alexander the Great, BC356～BC323）が現れたかのようであると賛美したのであった。アルヴィドソンはこの英雄に自己の姿を重ね合わせて、彼が戦場で獲得した勝利と名誉を実際に自分も掴むことを欲した。アルヴィドソンは、自分も軍人となって戦野に出向き、そこで荊棘に耐え忍んで敵を撃破し、そして過去の英雄たちの列に自分も名を連ねることを夢見た。つまりカール12世のような'英雄軍人'の栄冠に浴することこそ、少年アルヴィドソンの抱いた大望であったのである。一方でアルヴィドソンは、カール12世に対する批判や大北方戦争以後のスウェーデンの衰退を扱った書物を意識的に遠ざけた。彼にとって祖国スウェーデンは、常に偉大で気高き英雄のもとで勝利の栄光に輝いていなければならなかったのである[10]。

　ところでアルヴィドソンが少年時代を送った19世紀初期は、あのナポレオン（Napoléon Bonaparte, 1769～1821）がヨーロッパ全土を蚕食するが如き様相であった。何よりも「戦士と破壊者の偉大さ」を敬愛してやまないアルヴィドソンの目に、'英雄'

詩人アルヴィドソン序説

ナポレオンとフランスはどのように映ったのであろうか。この点に関わるアルヴィドソンの回想は重要である。なぜならば彼の政治観や社会観が瞥見できるからであり、また文学的志向さえ推測できるからである。

アルヴィドソンは、ナポレオンが英雄として賛美されることについて嫌悪感を隠そうとはしなかった。例えば彼は、「ほとんど神のように崇め奉られるべき対象に膨張してしまった火山ナポレオンは、……過度に専制的であり、極めて不誠実」と指弾している。さらにフランス革命について彼は、フランス国民全体が凶暴になってしまい、国王ですら処刑されてしまった「間違った時代」であり、革命戦争も「恥ずべき」戦争と断定する。つまりアルヴィドソンによれば、「フランスの英雄の物語」は「最初は残酷なものであり、その後は国民のかけがえのない権利を弾圧し、暴力を使って台無しにし、醜悪なものにしてしまった」のであり、この意味でナポレオンそしてフランス革命は、アルヴィドソンにとって「法と正義の意識」に反するものであったのである[11]。逆説的ではあるがアルヴィドソンのこうしたフランス批判から、彼が、専制政治の排撃や民主主義の実現といったフランス革命に代表される市民革命の成果を重要視していたことがうかがえる。とは言えその後成長して見聞を広めたアルヴィドソンは、革命後のフランスが採用した共和政を必ずしも称揚したわけではなかったようである。1818年から1819年にかけてスウェーデンのウプサラ大学に留学した際に、アルヴィドソンは同国の立憲君主政に関心を示し、それをフィンランドでも採用すべき政体として考えるようになったのである。彼は回想記の中で次のように述べている。「スウェーデンに滞

在したことで、民族や国家に対する私の目は開かれていった。特にその後フィンランドに戻って私は、立憲国家がいかに統治されているかということと、抑圧国家がいかに永続的に原始的な状態におかれているかということを比較して考えるようになった。私の血は滾った。私の心は燃え上がる炎のように大きくなった」[12]。

　少年時代のアルヴィドソンが、果たして「法と正義」に照らしてナポレオンとフランス革命を断罪するほど思想的に成熟していたかどうかは、筆者に判断しかねるところである。おそらく彼は、大学に入学したのちにドイツなど外国の文献からフランスに関する批判的見解を吸収し、スウェーデン留学などで見聞を広めて、それらを自家薬籠の物にしていったと考えられる。少なくとも後年のアルヴィドソンは、政治的には漸進的保守主義者であり、急進的改革論者ではなかった。この点に関して例をあげれば、独立後のアメリカが敷いた共和政を擁護するスウェーデンの「リベラル派」との論争において、彼は、アメリカの民主主義は独裁に陥る危険性があると主張していることが、その穏健な政治観を示していると言えるであろう[13]。

　さらにアルヴィドソンは、フランスの文化特にその言語の影響がスウェーデンを侵食していくことにも危惧の念を抱いていた。彼は、スウェーデン語に間違った方法でフランス語やその表現が流入してしまったと指摘する。そしてフランス風を気取って、「あらゆることを外国語風に発音したり、外国を模倣する人たち」は、「恥ずべき人たち」であり、「誇るべきスウェーデン人の祖先を知らない人たちだ」と強い反感をあらわにするのであった[14]。アルヴィドソンのフランス批判は、後述の通

りフランス文化やその宮廷風俗にとどまらず、フランス革命の理念である啓蒙思想にまで及ぶ峻烈なものであった（第三章第二節）。

　アルヴィドソンの回想記によれば、すでに高校入学以前に彼は、曖昧ながらも民族の言語とは神聖なものであるという思いを抱懐していた。まさに「スウェーデン、スウェーデンの英雄たち、そしてスウェーデンの言語全てが、私（アルヴィドソン）にとって最も神聖なものであった」[15]（括弧は筆者）である。既述の通りそもそも彼は、スウェーデン人移民の子孫であり、また1809年にロシアに併合される前のフィンランドはスウェーデンに属していたことから、スウェーデンに対する彼の熱烈な愛着は当然であろう。ただこの「愛着」と前章で見てきた言語を紐帯とする民族の一体性を説く彼のナショナリズム思想を関連させて考えるならば、彼のナショナリズム思想は単にドイツやスウェーデンから輸入した思想を模倣したものであったのではなく、それは'血と郷土と歴史'という極めて原初的な、あるいは本源的な要素を核とするものであったと言えるのではないだろうか。フィンランド人研究者ダニエルソン＝カルマリ（Johan Richard Danielson = Kalmari）は、少年時代のアルヴィドソンが抱いた英雄カール12世やスウェーデンに対する思いについて、「明らかにその後のアルヴィドソンの見解を物語るものである」[16]と述べているが、これはおそらく、フィンランド語を紐帯とするフィンランド民族の形成という彼のフィンランドナショナリズム思想の原点を指摘しているのであろう。

　以上前節ではアルヴィドソンの出自と性格を、本節では少年

時代におけるスウェーデンへの愛着とカール 12 世への尊崇の念、そして彼のフランス批判について説明してきた。次節からは、彼の高校時代から大学時代までの足跡を辿って文学との関わりを見ていきたい。そこからわれわれは、理想に向かってひたすら邁進しようとする若きアルヴィドソンの情熱や祖国スウェーデンや郷土フィンランドに対する溢れんばかりの純真な心情を汲み取ることができるはずである。

第三節　文学との遭遇と祖国の敗戦：高校時代のアルヴィドソン

ここではアルヴィドソンの文学との出会い、そして「フィンランド戦争」（前出）とその後の政治情勢に対する彼の心境について素描してみたい。

1.'退屈な文学'

1806 年にアルヴィドソンは、弟のカール (Carl) とともに親元を離れて、ポルヴォーにある高等学校へ入学した。当時は貴族の子弟の教育は基本的に家庭で行われていたため、生徒のほとんどが中流階級の出身であった。また教育の場で用いられていた言語がスウェーデン語であったことから、フィンランド語を常用している農民階級の生徒の数はわずかであった[17]。アルヴィドソン兄弟は、ある銅細工師の家に下宿して勉学に取り組むことになったが、その暮らしぶりは、「非常に粗末な身なりをしており、…食料はすでに食べつくしてしまった」とアルヴィドソンが述懐しているように困窮したこともあった。これは

父親が吝嗇家で、アルヴィドソン兄弟への援助が十分ではなかったことも一因であったようであり、そのためアルヴィドソンは、家庭教師などをして収入を得なければならなかったのである[18]。

アルヴィドソンは、高校へ入学するとその持ち前の活発な性格を発揮して、すぐに周囲と馴染んで友人もできるようになり、やがてはリーダー格の存在になった。また勉学の面では入学した当初は苦労したものの、それでも優秀な成績を収めたのであった。彼は、そもそも幼年時代から自他共に認める頭脳明晰な人物であった。彼は、「皆が言っているように私は頭がよく、技量もあり、他の人より勉強は優っていると気づいていた」と述べている[19]。自信家ぶりがうかがえる言葉である。

アルヴィドソンは、勉学の傍らで読書に多くの時間を割いた。高校の図書館の所蔵図書は充実しており、彼の読書欲は十分に満たされたようである。学校とは別に、ポルヴォーの一般市民による私的な読書会に参加するなどして、知的な活動も広げていったのであった。それまでの彼が好んで手にしていた書物は、スウェーデンの戦記や歴史に関わる分野が多かったが、高校生になった彼は、新たな世界にめぐり合うことになる。それは、「まったく新しい読書：ロマン主義」であった。1807年、08年頃から彼は、フォンテーヌ (Fontaine)、コツビュー (Kotzebue)、スピーズ (Spiess)、ミュラー (Müller) などの作品を読むようになった。しかしこれらの作家の作品は理性を重視する作風であり、単調で展開が容易に予想できたためにやがて興味を失ってしまったと彼は述べている。彼らが素晴らしい理想を持った優秀な「ドイツ文学者」だとアルヴィドソンが悟っ

たのは、後のことであったようである[20]。

　アルヴィドソンの読書の領域は、1809年頃から難解で高度な内容のものへと広がっていった。例えばスウェーデンの学術文献や古典文学などである。フィンランド人研究者カストレーンによれば、アルヴィドソンは、スウェーデンの大学が刊行する古典調の記念講演録、瞑想的な詩や啓蒙的な詩、道徳的精神を論じた書物に取り組んだという。こうした知的で内省的な読書は、彼の思想的あるいは学問的素地の形成に幾分かは資するものであっただろう。カストレーンによれば、スウェーデン古典文学を貫くある種の基本精神は、ローマ人の道徳観に対する賛美ということにあり、これはアルヴィドソンの志向に大いに適ったものであったという[21]。しかしながら高校生のアルヴィドソンにとって、学術文献や古典文学の深遠な世界に入り込んでいくには、やはり時期尚早であったようである。彼はそうした文章が「退屈で疲れる」ものであり、「むしろ滑稽で風刺の効いた文章が好きだった」[22]と述べている。どうやら高校時代の彼は、自らすすんでそうした高尚な書物を手に取ったわけではなかったのかもしれない。

　1810年春頃にアルヴィドソンは、スウェーデンロマン主義の息吹に触れている。その頃アルヴィドソンの高校があったポルヴォーでは、スウェーデンロマン主義文学の先駆け的な文芸誌『ポリュフェム』(*Polyfem*,1809～1812) が読まれていた。この雑誌はアスケロフ (Johan Askelöf,1787～1848) を中心として、スウェーデンロマン主義文学の旗手ハマルスコルドやアッテルボムらによって発行された。同誌の特徴は、従来のアカデミックな文学のあり方を攻撃しようとする姿勢に見られる。アルヴ

ィドソンの回想記によれば、彼も『ポリュフェム』の辛辣な文章を目にしたが、その意図するところが理解できず、同誌の筆者たちが「無謬なるアカデミズムにあえて抵抗」しようとしていることに、むしろ訝しさを感じたという。つまり彼は、当時スウェーデンの文壇で進行しつつあった改革（ロマン主義）の意義を理解できず、その動き自体も興味がなかったようである。この「改革」について知ることになるのは、まだ後のことであったと彼は述懐している[23]。

ところで高校時代のアルヴィドソンは、'フィンランド的なもの'についていかなる関心を抱いていたのであろうか。少なくとも文学の領域に限って言うならば、彼の読書の傾向は、基本的には古代スウェーデンへの憧憬とスウェーデンに対する愛国意識に沿ったものであった[24]。この時期の彼が、'フィンランド的なもの'に関わる文学にあまり慣れ親しんだ様子はないようである。

しかしながらアルヴィドソンは、16歳の時(1808年)に「未熟」で「不自然」なフィンランド語を用いて、詩らしきものを書いている。また短期間ではあったがフィンランド国内の民俗詩の収集も行っている。これは、「郷土の中にどのような民族の意識が見い出せるだろうか」というアルヴィドソンの高校教師ペール・アロパエウス(Pehr Alopaeus)の指導的問いかけに基づくものであった[25]。アロパエウスは、主に歴史の授業を担当し、古代スウェーデンの歴史に関わる神話的側面、歴史文学の中に登場する古代フィンランド人の名前、そしてそれらの事柄が持つ現代的な重要性などについて生徒たちに講義した。アロパエウスの指導の底流には深い郷土愛があったという[26]。

興味深いことにアロパエス家は、フィンランド民族やその歴史の独自性をいち早く認識し、民衆のあいだに伝承されていた詩歌を収集して発表したあのポルタンと親戚関係にあり、またペール・アロパエウスの弟で、アルヴィドソンの高校の数学教師であったマグヌス・アロパエウス(Magnus Alopaeus)などは、ポルタンの教え子でもあった[27]。したがって'フィンランド的なもの'を誰よりも先駆けて取り上げたポルタンの姿勢が、アロパエスを通してアルヴィドソンに受け継がれていったと推測することができるかもしれない。

　いままで述べてきたように、高校生のアルヴィドソンは読書に親しんだが、文学の世界へ本格的に入っていったわけではない。彼は、古典文学やロマン主義文学の世界観や人間観を理解し共感するどころか、それらの難解さや高尚さゆえにむしろ疎遠なものだと思っていたようである。つまりまだ彼は、文学の入り口に立ったばかりなのであった。

2. フィンランド戦争と'スウェーデン臣民'

　世界史において、小国の帰趨が無情にも大国間の闘争や取引によって決定されてしまう事例が多くあったことは周知の通りである。フィンランドの場合がまさにそうであった。1808年から1809年にかけてロシアとスウェーデンのあいだで行われたフィンランド戦争（前出）は、フィンランドの運命を大きく変えることになった。この戦争でスウェーデンが敗北した結果、それまで長きに亘ってスウェーデンに支配されていたフィンランドは、ロシアに編入されることになったのである。

　また社会の激変が、一個人の運命を翻弄する場合があること

もいまさら言うまでもないだろう。ロシア批判のために当局に睨まれていたアルヴィドソンが、1823年にスウェーデンへ転出せざるをえなくなった原因を辿っていけば、この戦争へと行き当たるであろう。以下においては、このフィンランド戦争とその後のロシア支配を目にしたアルヴィドソンの心境を主なテーマに据えて述べることにする。この戦争とその後のロシア支配は、'フィンランド人主義者' アルヴィドソンを生む大きな契機になったことは間違いない。そしてそれは、彼の詩想に強い影響を与えたことも確かであろう。

フィンランド戦争は、1808年2月ロシア軍のフィンランド侵攻によって始まった。ロシア軍は、スオメンリンナ (Suomenlinna、スヴェアボリ Sveaborg) の要塞を奪取するなどスウェーデン軍を圧倒し、結局のところフィンランド領を制圧したのであった。1809年9月17日ロシアとスウェーデンは、「ハミナの講和」(Haminan Rauha、「フレデリクスハムン条約」Treaty of Fredrikshamn) を締結して、両国の戦争は終了した。この講和によってスウェーデンは、1155年以来支配下に置いていたフィンランド領を、戦略的重要拠点であるアハヴェナンマー諸島 (Ahvenanmaa、オーランド諸島 Åland) も含めて、ロシアに明け渡すことを余儀なくされたのである。

さてフィンランド戦争が始まった1808年2月に早くもロシア軍が、アルヴィドソンが高校生活を送っていたポルヴォーに侵攻した。このため彼の学び舎は閉鎖されることとなり、授業は教師の自宅で行うことを強いられたのである。この戦争が始まって、アルヴィドソンのスウェーデン人としての意識はますます高揚していった。当然の如く彼は、スウェーデンとフィ

ンランドの兵士がロシア軍を撃破することを願ったのであった。彼は回想記の中で、「私の戦闘心は燃え上がった」とその激しい心情をあらわにしている。彼は、グスタフ 2 世アドルフ（Gustav II Adolf, 1594 〜 1632）やカール 12 世（前出）などかつてのスウェーデンの英雄たちの偉大な軍功に思いを馳せ、彼らと共に自分もロシアを徹底的に打ちのめすことを思い描いたのである[28]。つまりこのロシアの侵略は、アルヴィドソンの「英雄軍人への憧憬」（本章第二節）に火を点けたのだった。例えば彼はフィンランド人部隊に加わって、いにしえのスウェーデンの英雄のように武勲をあげようと考えたほど思いつめていたのである（しかしまだ少年であったアルヴィドソンは、軍隊に加わることができなかった）[29]。

　ところが戦況はアルヴィドソンが望んだ通りに運ばず、ポルヴォーがロシア軍によって占領されるなど、スウェーデン・フィンランド軍は苦境に陥った。しかし彼は希望を捨ててはいなかった。彼は、祖国スウェーデンと郷土フィンランドの勝利と名誉を固く信じてやまなかったようである。彼は当時の純粋な心情を、「いまやフィンランド人の勝利は近いと思った。私の若い心は情熱でわき立った。栄えある我が祖国の戦争の名誉は、永遠に高く掲げられるだろう。私の英雄への熱情が炎のように燃え上がった」と綴っている。そしてアルヴィドソンは、スウェーデン兵士の戦いぶりが「英雄的で決死の勇敢さ」を発揮していると賛辞を惜しまず、「私にとって彼らは、まるで古代の騎士の子孫のようである。彼らの魂に、愛情の色で飾られた敬慕と名誉を捧げるものである」[30] と褒め称えている。

　ロシア軍は、アルヴィドソンの故郷ラウカーにも襲来した。

アルヴィドソンは戦争が始まって、ポルヴォーからラウカーへ避難していたのであったが、そこで彼は、ラウカー地域住民に対するロシア人兵士の暴力行為、家畜や穀物などの略奪を目の当たりにした。戦争の恐しさが彼の身にも迫ってきたことであろう。住民の中には、身を守るため森へ逃げ込んだ者もいた。しかしアルヴィドソンは、ロシア人兵士の狼藉にただ怯えて、沈黙していたわけではなかった。彼はロシア人将校と何度も口論している。おそらくロシア人兵士の行状を難詰したのであろう。ただ彼は小柄であったため、ほんの子供であると思われて相手にはされなかったようであった[31]。

17歳のアルヴィドソンの義勇心は、阻喪するどころかさらに燃え盛っていったように見える。1808年初秋に彼は、ロシア人兵士の暴状を訴えるべく、知人とともに当時の首都トゥルクに駐在していたロシア軍総司令官フォン・ブクスホエフデン (Kreivi von Buxhoevden, 1750 ～ 1811) のもとへ向かったのであった。しかしフォン・ブクスホエフデンはポホヤンマー (Pohjanmaa) 出張のため不在であり、アルヴィドソンたちの義挙は、その所期の目的を果たすことはできなかったのである[32]。

さて1809年に入ってアルヴィドソンは、ラウカーから高校のあるポルヴォーへ戻った。ところが校舎が当局によって接収されてしまったため、授業は2月の終わりから再び教師の自宅で行うことを強いられたのであった。ここでアルヴィドソンの'悪童ぶり'を物語るエピソードを紹介しておきたい。フィンランド戦争に勝利したロシアの皇帝アレクサンドル1世のポルヴォー訪問を祝して、ポルヴォーの東側に位置する通行料金所に歓迎の門が建設され、そこにロシアの国章である「双頭の鷲」

が掲げられた。ところが警護の人間がいなくなったすきに、「双頭の鷲」は消えてしまったのである。アルヴィドソンと友人たちが外してしまったからである。この'悪戯'の意図についてアルヴィドソンは、「いかにわれわれが熱烈なスウェーデン愛国主義者」であるかを示すこと、そして「征服者を辱める」ことであったと述べている[33]。そうは言っても所詮この'悪戯'は、フィンランド戦争でスウェーデンがロシアに敗北を喫したことに対する鬱憤晴らし程度のものにすぎなかったわけだが。

1809年3月29日にアレクサンドル1世は、ポルヴォーにフィンランド人から成る身分制議会を召集した。新たに誕生した議会は、皇帝に忠誠を尽くすことを宣誓し、アレクサンドル1世は、フィンランドが保持してきた憲法、宗教、様々な特権を尊重する旨声明したのであった（第一章第二節）。ロシア皇帝の訪問によってポルヴォーの街は、祝賀ムードで沸き立った。人々はダンスに興じ、花火が上がった。そして各所でお祝いの食事が供されたのであった。アルヴィドソンのようなロシアに敵意を抱く人間であっても、この雰囲気に酔い痴れたかもしれない。しかし'スウェーデン人'であることに誇りを持っていたアルヴィドソンは、ロシア支配の偽善を感じ取り、皇帝に追従するフィンランド人を蔑視していた。彼は、街の華やいだ様子を「人を欺くパレード」だと酷評している[34]。

アルヴィドソンは、アレクサンドル1世がポルヴォーを訪問した時の心情について次のように述懐している。「私はポルヴォーで、初めてロシアのアレクサンドルを見た。私は彼に魅了された。美しいアポロンの絵のようだった。しかし依然として彼の支配には反対だった。なぜなら私はスウェーデンの臣民だ

ったからである。われわれ少年たちは、国会議員が何をするのかということには関心が無かったし、理解できなかった。そして調べようともしなかった。われわれは事態の推移を見ていたし、祝典や立派な格好をした人たちも見た。公職の数が増え、騎士や貴族の称号が授与されたことも聞いた。しかし自分たちの学校の教室は、わずかになってしまった」[35]。

　フィンランド人研究者ユンニラ (Olavi Junnila) は、ロシアによる支配が始まった頃、アルヴィドソンの脳裏にはフィンランドの運命に対する不安が去来するようになったと指摘している[36]。「不安」とは、西欧文明の辺境に位置しているフィンランドが、異質な大国ロシアに物質的にも精神的にも取り込まれて、やがてその存在も記憶も消え去ってしまうのではないかという憂慮の念あるいは焦燥感をさすのであろうか。高校時代のアルヴィドソンは、血気盛んな'スウェーデン臣民'であった。しかし彼は、敗戦とフィンランドのロシアへの併合という歴史的変転を肌で感じて、フィンランド人としての意識を徐々に膨らませていったと見ることもできるであろう。

第四節　英雄詩人への夢：学生時代のアルヴィドソン

　アルヴィドソンは、1810年10月5日にオーボ・アカデミへの入学を許可された。大学生となった彼は、ドイツやスウェーデンで生まれたロマン主義文学・思想に心酔していき、やがて詩人を目指すことを決意するのであった。本節では、アルヴィドソンがロマン主義に覚醒し、詩人としての大望を抱くまでの出来事を述べることにするが、特にロマン主義に接した時の彼

の胸裏の様子、そして彼の文学観や世界観などについて照射してみたい。

　アルヴィドソンの回想記によれば、学生時代の彼がロマン主義文学に本格的に惹かれるようになっていったのは1813年夏以降であった。しかしそれ以前に彼が、そうした潮流に触れなかったわけではない。前節で述べた通り大学入学前の1810年春に彼は、ロマン主義文学を擁護するスウェーデンの文芸誌『ポリュフェム』を目にしている。また大学入学後の1811年秋に彼は、詩を愛好する友人のグンメルス（J.Fr.Gummerus, ?～?）の勧めで、『フォスフォロス』誌（*Phosphoros*）を手にしている。同誌は、スウェーデンロマン主義の中心人物アッテルボムらによって編集された年刊の文芸誌で、1810年から1813年にかけてスウェーデンのウプサラ(Uppsala)で発行された。同誌は、「スウェーデンロマン主義の最初の手本」として評価されており、『ポリュフェム』と同様に従来の啓蒙主義を攻撃することを狙っていた。アルヴィドソンをはじめとするフィンランドのロマン主義者たちの「教科書」となったのは、まさにこの『フォスフォロス』であったのである[37]。

　『フォスフォロス』の創刊号の冒頭は、明けの明星（フォスフォロス）の印象的な情景を謳った詩「プロローグ」("Prolog")で飾られている。この作品はアッテルボムによるものである。明けの明星は、新しい文学あるいはそれを開拓していくロマン主義者（アッテルボム自身）の比喩と考えられる（第三章第一節）。同誌には、若者の無垢な情熱、乙女への憧れと愛情、森や大地に潜む神秘的な精神などを甘美な文体で綴った詩が多く収められている。アルヴィドソンの友人たちは、そのような感

性的で幻想的な詩に大いに魅了された。アルヴィドソンはその様子を、「彼らは…(『フォスフォロス』の)多彩な夢に溢れた、同時に非常に官能的な詩に惹かれた。それは新しいアカデミックな詩節の実践であり、古いものから新しいものへ変わっていく移行期に合致していた」[38]（括弧は筆者）と表している。しかしながら 1811 年秋の時点でアルヴィドソン自身は、同誌にさほど目を奪われることはなかったようである。おそらくまだ彼は、少年時代から耽読していたスウェーデンの戦記物や英雄譚から抜けきれてなかったのかもしれない。

　この後 1813 年夏頃になるとアルヴィドソンは、『フォスフォロス』を再び手に取ることになる。以前とは違って今度は同誌を熟読するようになり、そしていよいよ彼は、いままでよりも広い文学の沃野へと踏み出していくのである。彼は、同誌に代表されるスウェーデンの「新学派」だけではなく、それとは対極に位置する「旧学派」の文献、例えば『文学と演劇誌』(*Journal för Litteratur och Theatern*) なども読むようになったけれども、個人の感性の解放を謳うスウェーデン文学界の新しい動向、すなわちロマン主義に大きな共感を寄せていったのである。彼は、「青年の燃えるような情熱、激しい言葉、深い学識が私を打ち負かした。そして私は、知識や芸術の分野における新しい学問の熱心で積極的な支持者になった」[39] とロマン主義の完全な虜になってしまったことを率直に述べている。アルヴィドソンとその友人たちは、シェリングをはじめとするドイツの思想やシュレーゲル兄弟、パウル、ノヴァーリスなどのドイツの文学にも傾倒していった。フィンランド人研究者ダニエルソン＝カルマリは、「すぐに若者の文学の炎は燃え上がったのである。ア

ルヴィドソンはそれまでの学問や芸術を嘲笑した。そして新しい学問の熱心な擁護者になったのである」[40]とアルヴィドソンの心酔ぶりを描写している。

　ところでアルヴィドソンが、1813年夏になってロマン主義文学に傾倒するようになった契機について、彼の回想記を管見する限りでは必ずしも明瞭には述べられていないようである。彼は、1812年から1813年にかけてフィンランド内外を旅行している。これは彼の見聞を広める上で有益であったものの、この旅行で文学上の新たな示唆を受けることはなかったようである[41]。ただ少なくとも1812年は、ロマン主義に目覚めた翌1813年とともに、アルヴィドソンの生涯にとって特記されるべき年であることは確かである。それは、1812年3月23日にかけがえのない弟カールが病死してしまったという痛ましい出来事があったためである。弟カールは、アルヴィドソンにとって「唯一の友人」であり「競走相手」でもあった。アルヴィドソンとカールは、オーボ・アカデミにほぼ時期を同じくして入学したのであったが、彼らはもともとポルヴォーの高等学校時代から、親元を離れて常に2人で寝食を共にしていたのである。したがってアルヴィドソンが、しばらくのあいだ痛嘆の底に沈んでいたのは当然であっただろう。しかしやがて彼は、その深い悲傷を振り払うかのように覇気を取り戻すのである。彼はその時の心境について「私は、まるで別の人間のようになった。積極的な精神と生きることへの強固な欲求を持つようになったのである。私は、自分の魂が完全な革命を起こしたことを感じたのである」[42]と綴っている。

　アルヴィドソンは、早朝から一日中読書に没頭し、そして勉

学に専念するようになったと述べている。夭逝した弟の分まで生を享受し、学問に勤しみたいという彼の志がうかがえる。ともあれ弟の死は、アルヴィドソンを文学の道へ導く上で何らかの誘因となったのかもしれない。かくして彼は、ロマン主義に決定的にのめり込んでいくことになる 1813 年を迎えるのである。彼自身の言葉によればこの年は、「私がそれまで生きてきた中で最もめまぐるしい年であった」のであり、「私の前で世界すべてが何千もの輝く波のきらめきのような」日々であった[43]。前述したように 1813 年になってアルヴィドソンは、スウェーデンの『フォスフォロス』に所収されている詩文に大きな衝撃を受けて、ロマン主義文学を渉猟するようになったのであるが、それだけに留まらず、実際に自らも筆を執って詩文作品を創作するようになった。その意味でも 1813 年は、彼の生涯の中で刻印すべき年であったのである。

　アルヴィドソンの回想記によれば、1813 年 11 月 20 日に初めて詩の創作を行っている。彼はその頃の執筆の動機について、「バラ色の光が輝く世界を想像した」と象徴的な言葉で語っている。それは至高の芸術の世界であり、最も純粋な感性と崇高な精神の世界である。そしてその世界は、「芸術におけるあの勇敢な英雄たち」が勇躍する場所でもある。アルヴィドソンは、英雄たちから永遠の美、絶対の真実についての聖なる啓示を受けて、そうした英雄たちの列に伍することを望んだのであった。そして彼は、若者にとって詩作の理想とは「輝かしいあらゆる美」を表現することであると述べる。そのような偉大で高貴なものと、「恵まれてはいるがさほど取るに足らないような役人の価値」や「見せびらかすような名誉」などの世俗的なつまら

ぬものとを交換することなど望みもしないと彼は言い切るのである。

　この若者らしい無垢な価値観が横溢したアルヴィドソンの言説から、彼の人間観や芸術観を読み取ることができるであろう。彼が希求するのは俗世の栄達や繁栄ではない。永遠普遍の美こそ真に求めるべきものである。しかしこの美は絶対的なものである以上、人間が認識することも表現することも適わない「神の国」にのみ見い出せるものである。人間は、ただひたすらこの真の美に憧れと畏怖の念を抱き、その唯一絶対的なものに到達しようと勤しむ[45]。これこそが、美と神聖さを何よりも尊ぶアルヴィドソンの理想主義的人間観と芸術観であると言えよう。

　さて1814年になるとアルヴィドソンは、『オーボ・ティドニング』(Åbo Tidning、トゥルク新聞) へ友人とともに詩や評論などを投稿するようになった。彼は、大学の試験の準備よりも詩作や知識の探求に夢中であったと振り返っている[46]。ところでこの頃のアルヴィドソンの胸裏には、文学への関心と活動が増大していくにしたがって、人生の行方を左右する変化が生じていた。すなわち彼が少年時代から抱懐していた「英雄軍人」の夢に代わって、「英雄詩人」への憧憬が次第に膨らんでいったのである。いまやアルヴィドソンの眼前には、「詩人の名誉」が強い光彩を放って輝いており、それは彼を捉えて放さないのであった。

　しかしながら彼は、勝利の栄光に輝く英雄軍人と美を謳い上げる詩人を別種のものとして位置づけてはいない。むしろ両者を一体化したところに青年時代のアルヴィドソンの文学観が見

い出だせるのである。彼は、「真の詩人と英雄の生涯」はともに「高貴なもので、素晴らしく、そして永遠の理想を代表している」と賛美し、両者に親近性があると述べる。そして彼は、英雄の生涯とはまさに詩が謳い上げようとするものにほかならない、と考える。このように詩人を高度に理想化した見方は、真の詩人こそが天啓を受けて永遠普遍の美を表すことができるという理想主義的あるいは神秘主義的な文学観に帰着するのである[47]。

　アルヴィドソンの詩人論については第三章において詳述するが、ここで若干言及しておきたい。彼の「英雄詩人」への憧れは、その歴史観とも関連している。彼の回想記に限ってみれば、学生時代の彼がどのような歴史観を抱いていたかは詳細に説明されていない。ただ彼は、1816年ごろの心情を「歴史の教義と結びついた芸術が私に強く影響を与えた」[48]と綴っており、この文言の前後の文脈から、当時の彼の歴史観を推考できるのではないかと思われる。端的に言えば彼は、歴史は超越的な「精神」が展開していく過程、換言すれば美や神聖さが実現されていく過程であり、まさにこの意味において彼は、詩と同様に歴史を理想化して捉えようとしていたと考えられる。上記の言葉に続いてアルヴィドソンは、永遠普遍の美を謳う「精神が清らかで無垢、そして高貴な詩人たち」と「鋼鉄の鎧を着て、半神のようであり、処女のように積極的でかつ心優しく、そして子供のような熱心さと敬虔さで、世界中の力や地獄の企みに挑んで行く中世の立派な騎士たち」を崇敬の対象にあげる。両者に相通じるものが子供のような「心の源の純粋さ」であり、そのような精神の者でなければ「神の国」に入ることはできな

第二章 アルヴィドソンの「詩の砦」：詩人への道

いと彼は述べる。そして彼は、「神の国」とは「神聖で崇高な芸術」なのだと力説する[49]。真の詩人や騎士のような「英雄」は、神の意志を理解しそれを具現化しようとする選ばれた存在である。このように神を媒介にして、芸術と英雄の理想は結びつくことになる。究極的存在としての神こそが一切に君臨するのであり、歴史の展開はそうした神の精神の表現にほかならない、とアルヴィドソンは考えたのではないかと推察される[50]。

フィンランド人研究者カストレーンは、アルヴィドソンが「英雄詩人」の具体像として仰いだドイツ人文学者は、ケルナー（Theodor Körner, 1791～1813) であったと指摘している。ケルナーは詩や戯曲の分野で著名であるが、対フランス戦争に出征し、若くして戦死した軍人でもあった。詩人でありかつ'民族解放の闘士'としてのケルナーの姿は、ロシアのフィンランド支配に反対するアルヴィドソンにとって、まさに「英雄詩人」そのものの姿に映ったであろう。この点に関して示唆的なのは、アルヴィドソンがケルナーの戯曲『ズリニー』(Zriny) の翻訳を行っていることである。この作品は、ハンガリー人兵士のトルコに対する戦いを題材としたものであるが、ケルナーはトルコに抵抗するハンガリー人をドイツ人に、トルコのムフメド２世 (Muhmed II) をナポレオンに見立てたのであった。したがってこの戯曲においてケルナーの意図するところは、トルコとハンガリーの戦いをフランスに対するドイツの解放戦争になぞらえたということであろう[51]。安易な類推をすることは禁物かもしれないが、アルヴィドソンは、この戯曲で描き出されたトルコに圧迫されたハンガリーの姿に、ロシアに侵略されたフィンランドの境遇を重ね合わせて見ていたとも考えられないだろ

うか。
　学生時代のアルヴィドソンは、政治や民族の問題について何らかの見解を世に問うことはなかったようである。ただ少なくとも彼は、スウェーデンの『文学と演劇誌』（前出）やデンマークの『アテネ』誌 (Athene) などを通じて、スウェーデン、デンマーク、そしてドイツのナショナリズム思想に接していた。そもそも1810年代前半のフィンランド人学生のあいだでは、ロシア支配の下でロシア語教育に反発を示す者もいたが、大学生のみならずフィンランド人全体で見ても政治意識が高かったとは言えず、政治情勢について公に意思表示をする者は多くなかった。フィンランドの立場については、フィンランドのスウェーデン復帰を望む者もいれば、ユテイニのようにロシア皇帝によるフィンランド支配を礼賛する者もいたのであった(第一章第四節)。トゥルクロマン派のショーグレン（第一章第三節）が、フィンランド人は「曖昧な人間」であり、「ロシア語を自慢しながら、スウェーデンの新聞を輸入する」と評しているが、この皮肉は、当時のフィンランドの境遇あるいはフィンランド人の心性を巧みに言い表しているように思われる[52]。
　それでは次に、詩人の世界へ向かって踏み出したアルヴィドソンの歩みを記すことにしたい。1814年12月13日の大学卒業試験の結果、彼に哲学の学士号が授与された。牧師の父親は、息子が卒業してからは、故郷に戻って自分と同じように聖職に就くことを望んだ。当然のごとくアルヴィドソン自身も、牧師になれば静かで安定した生活が得られると思っていた。しかしながら彼の胸臆にある文学への情熱は、ますます高揚するばかりであったのである。決定的だったのは、彼の詩「希望」("Hoppet")

が1815年春にあのアッテルボムが主催する文芸誌『ポエティスク・カレンデル』に掲載されたことであった。これによってアルヴィドソンの詩人への志は、もはや打ち消し難いものになっていったのである[53]。以下に「希望」の和訳を記しておく。

  遥か天空の朝焼けを見よ、
  春の地平線は黄金に輝く、
  天空は紫の炎に包まれて光を放つ、
  そしてかすかな光が暗い大地を照らしていくのだ！

  夢のようにうっとりとした岸辺
  そこにいる人の姿が輝いている、
  それはまさしくノルン（Norn）その人
  天賦の詩才、
  束縛から解き放たれるだろう
  埃にまみれた鎖がはずれて、
  そしてバラの花束を持った愛とめぐり逢うだろう。

  君は幻のようなトロール（troll）の世界の中で舞い上がっていく、
  その軽やかな翼の上には
  火のように燃える情熱であふれた籠をのせている、
  そして君はあの麗しい乙女とめぐり逢うことを
  恍惚として夢見ているのだ！

  その眼差しは希望を秘めて見つめている、

> 瞳に溢れた涙がゆれている、
> 君のくちびるからは祈りの言葉
> それは真実の誓い、
> 君は忘れてしまうだろう
> まやかしだと思うような世界を[54]。

　この詩の特徴は後で説明するが、幻想的で甘美な情景が描きこまれており、その意味ではロマン主義的特徴が表現された作品であると言える。特に冒頭の「朝焼け」の部分は、アッテルボムの影響があるものと思われる（第三章第一節）。

　この詩が、当時フィンランドよりも時流の先を行くスウェーデンで世に出たことは、アルヴィドソンに詩人としての自信を与えた。彼は、前途に大いなる‘希望’を抱いたのであったが、しかしこの詩は、『スウェーデン文学誌』（*Svensk Literatur Tidning*）で酷評されてしまうのである。この時彼は、トゥルクの同好の士のあいだで嘲笑にさらされた。すでに述べた通り彼とアウラ協会（第一章第三節）の仲間たちの関係は、必ずしも良好なものではなかった。それは文学に対する彼の直情的な思いが、ややもすると独善的に映り、他者には疎ましく思われたからであろう。彼自身も自分の欠点は自覚していたようである。それは彼が、「私の情熱の爆発は、ある人たちを傷つけたかもしれない。彼らは、私の信念について常にそう言っていたし、彼らは、私の振る舞いについて不平を言っていた」と告白している通りである。アルヴィドソンは、『スウェーデン文学誌』の批評に接して、「私が思い描いていた詩の砦は風に吹かれて灰になってしまった」と述べるほどに意気消沈してしまっ

た。しかし彼は詩人の志を放棄することはなかった。彼は、フィンランドにとって最も重要なのは文学の理想を高く掲げることであり、そうした試みのすべては、「ある意味で神への奉仕」であり、「美や芸術や祖国に関わるもの」であるという自分に課した使命を捨て去ることはなかったのである[55]。

　アルヴィドソンの軌跡を引き続き辿っていこう。大学卒業後の彼は父親が勧めた牧師には就かず、ラムサユ（Ramsay）男爵家の家庭教師などをしてとりあえず日々の暮らしをしのいでいた。しかし美と神聖さを追求する文学活動という「理想」と生計を営まなければならない「現実」を折り合わせるために、定職を探さなくてはならなかった。そのため彼が希望した職業が大学講師であったのである。彼は数学がもともと得意であったし、教授の勧めもあってオーボ・アカデミの数学講師を目指した。さしあたって彼は、1815年5月31日に修士学位の論文審査を受けて首尾よく合格したのであったが、数学講師のポストは、セナーッティ（ロシア支配下におけるフィンランドの最高行政機関）のメンバーの子息が有望とされており断念せざるをえなかった。そこで彼は、歴史学の講師への転進を決めたのであった。フィンランド人研究者カストレーンによれば、当時アルヴィドソンの歴史についての関心は曖昧なものであったという。彼の熱意は専ら詩の世界に向けられていたからである。しかしながら彼は歴史学の博士号を取得すべく、歴史の勉学に精力を傾けるのであった[56]。

　1816年春、アルヴィドソンは博士論文を提出した。ところが残念なことに不合格にされてしまう。これは、アルヴィドソンにとって再び訪れた大きな挫折であった。友人たちの中には

彼の失敗を嘲り、あろうことか「アルヴィドソンは教授の椅子を狙っていた」などと虚言を発する者もいたぐらいである[57]。この不合格になった時の彼の悄然とした様子は、極端なほどであった。「人生で一度きりであったが、死にたいと思った」という彼の言葉は、当時の偽らざる心境であっただろう。もはや「英雄詩人」への大望などは、打ち砕かれて消散してしまったかもしれない。しかし同年６月のストックホルム訪問が、彼の宿意を新たにする上で大きな契機となったようである。同地で彼は、スウェーデンロマン主義の文学者たちに大いに感化されて、そして多くを学んだのであった[58]。

　それでは本章の最後にあたって、アルヴィドソンのストックホルム訪問について述べることにする。彼は1816年春の博士論文の審査で不合格となり、もはや自裁を思うほど極度に落胆してしまったのであったが、その時傷心の彼を慰謝してくれたのが、物心両面で支援していたラムサユ男爵夫人をはじめとする周囲の人々であった。そして同年６月中旬にアルヴィドソンは、同夫人やその親戚らと共にストックホルムへ赴くのである。彼はこの旅行の成果について、「素晴らしい、そして愛すべき人たちと初めて会った」[59]と述べている。アルヴィドソンが親交を結んだ人たちは、以下に記す通り当時気鋭のスウェーデンロマン主義者たちであった。

　アルヴィドソン一行は、フィンランドから６日間の航海ののち、1816年６月21日にストックホルムに到着し、同地におよそ10日間滞在した。アルヴィドソンは、ストックホルムに到着した初日に、スウェーデンロマン主義文学の旗手アッテルボムに面会している。この時アルヴィドソンがいかに忘我するほ

ど感激していたかは、「足が蝋燭のように」しか動かず、「長いあいだ帽子を手に持ったまま立っていたことを忘れていた」ほどであったという。さらにアルヴィドソンは、詩人ダールグレン（Karl Dahlgren,1791 ～ 1844）らと知己になり、詩や文学について話を交わしたのであった[60]。

　ストックホルムで出会った文化人のうちで、アルヴィドソンはとりわけリング（Pehr Ling,1776 ～ 1839）から強烈な刺激を受けた。リングは運動医学の分野で高い業績を残したが、文学についても造詣が深く、「炎のような情熱で」アルヴィドソンに対して文学を語った。特にリングは、古代スウェーデン人を憧憬の対象とする強固なイェート主義者（第三章第一節）でもあったことから、もともとスウェーデンに強い親愛の情を寄せていたアルヴィドソンにとって、リングを限りない共感と尊敬の念で仰ぎ見たことも理解できる。例えばアルヴィドソンは、リングを「まるで輝きの塊のようである」と絶賛し、そしてリングが「私(アルヴィドソン)のすべてを支配した」、「フィンランド人は彼(リング)の従順な子供である」[61]（括弧は筆者）とまで評したという。

　ところでアルヴィドソンが、このストックホルム滞在中に接した文化人の中で最も恩恵を受けた人物をあげるとすれば、それはスウェーデンロマン主義の中心人物の一人であるハマルスコルドであっただろう。ハマルスコルドは王立図書館の司書を勤めたが、他方で詩をはじめとする文学、哲学、歴史など多岐に亘る分野で著作活動を行った。ハマルスコルドは、「最も攻撃的な論評をする能力」を持っていると評された[62]。アルヴィドソンは、そのような鋭い眼識をもったハマルスコルドの目に

適った人物であったようである。換言すればハマルスコルドは、アルヴィドソンの詩人としての将来を嘱望していたのではないかと思われる。それは以下に述べる通りハマルスコルドが、アルヴィドソンに対してまるで教師が生徒に接するが如く教え導いていたことからも推し測ることができよう。

例えばハマルスコルドは、自分が編集する文芸誌にアルヴィドソンの詩作品を掲載するなどして、アルヴィドソンが詩人として世に出るべく便宜を図っている。詩の創作の進め方に関しても、その心構えや叙法についての助言を行っている。またハマルスコルドは、スウェーデンの文学事情はもとより、ドイツやデンマークなど広範な文学・思想界の動向についてアルヴィドソンに語っている。アルヴィドソンは回想記の中で、ハマルスコルドが自分をデンマーク文学に導いてくれたこと、そして帰国後も彼を通じてデンマークの文学作品を入手できたことは、このストックホルム旅行において本当に有意義なことであったと特記している[63]。

ストックホルムから帰国したアルヴィドソンは、再び博士論文に取り組んだ。審査を経て1817年6月15日、ついに歴史学の博士号が彼に授与された。併せて彼はオーボ・アカデミの歴史学の講師として迎えられることになった。なお博士論文の題名は、『中世におけるロマン主義的な特徴に関する歴史的研究』(*Ingenii romantici, aevo medio orti, exposition historica*) であった[64]。

かくしてアルヴィドソンは大学教師となり、詩人としての歩みを頓挫することなく続けることができるようになった。彼の「詩の砦」は、ひとまず灰燼に帰すことを免れたのである。

第三章　詩人アルヴィドソンの理想主義：人間観と世界観

　フィンランド人研究者クローン（Eino Krohn）は、「フィンランド文学は、ロマン主義の子供である」[1]と述べている。この言葉の通りアルヴィドソンは、ロマン主義文学に出会って、民族の栄光と永遠普遍の美を謳い上げ、人間や自然の神聖さを描き出し賛美するための「英雄詩人」を目指すことを決心したのであった。詩人としてのアルヴィドソンは、まさにロマン主義によって生み出されたと言ってもいいだろう。本章と次章では、彼の詩文の根幹をなす人間観や世界観を観念的に掘り下げて考察を進めていくことにする。彼の思想についてはいままで若干ながら言及してきたが、本章からは彼の詩文や言説を手がかりに用いて、さらに具体的に彼の思想の内奥へ分け入っていきたい

　ところで第一章で見たように、アルヴィドソンのナショナリズム思想の要諦は、言語を紐帯として民族の一体性を創り出そうとする点にあった。これこそ彼が、農民層の言葉であったフィンランド語に無上の価値を置いた所以なのである。さらに彼は、民族の発展のプロセスに神の意志の実現を重ね合わせた。彼のナショナリズム思想における観念的部分に投影され、その礎石となったのは、宗教と美意識を基調とする人間観や世界観であった。それらはまさに彼の詩文の中で、時に情熱的に時に幻想的に表現されているのである。フィンランド人研究者カストレーンは、アルヴィドソンの詩に対する熱意と政治に対する関心には関連性があると述べているが、これは両者の根底に神の意志と信仰に根差すところの理想主義、そして永遠普遍の美

という美意識があることを指摘しているのであろう[2]。

　本章における議論の順序は次の通りである。第一節ではドイツやスウェーデンのロマン主義文学・思想がアルヴィドソンに与えた影響について整理する。第二節では啓蒙主義に対する批判をもとにして、彼の宗教観や芸術観などについて明らかにしたい。第三節では彼の人間観と世界観について、宗教や美意識の見地から考察する。第四節では詩の対象とするものと詩人の役割について、彼の思想を検討する。

第一節　アルヴィドソンとロマン主義

　トゥルクロマン主義運動は、ドイツやスウェーデンから強く啓発を受けながらも、他方でポルタンやフランゼーンなど国内の先達の流れを汲むものであった（第一章第三節）。すなわちフィンランドのロマン主義運動は、「外発と内発」という二つの契機によって発展していったと見ることができよう。ここでは「外発」、すなわちドイツやスウェーデンのいくつかのロマン主義文学と思想を取り上げて、アルヴィドソンに与えた影響について具体的に見ていくことにする。

1.　ドイツロマン主義とアルヴィドソン

　アルヴィドソンが1810年にオーボ・アカデミに入学したのち、1813年頃からドイツやスウェーデンのロマン主義文学に惹かれるようになっていったこと、そして1814年頃から自作の詩を発表するようになったことは既述した通りである（第二章第四節）。ドイツ文学では、彼の詩文があのゲーテはもちろんのこと、パウル、ノヴァーリスといったドイツロマン派の作

家たちから影響を受けたものであったことは指摘されている[3]。

　後で紹介する通りアルヴィドソンは、自然に内在する神秘的で神聖な精神を称える詩文作品を発表しているが（第四章）、その中にはノヴァーリスの生命観をまさにそのまま下敷きとしたような表現が明らかに見られるのである。アルヴィドソンは『オーボ・モロンブラド』第 11 号（1821 年 3 月 17 日付）において、「詩人の愛」（"Sångarens Kårlek"）という短編の物語を発表しているが、その中の一節、

　詩人が望むことは、ただ死の中にのみ永遠を見い出すことである。彼はそれを静かに求めている[4]

とノヴァーリスの有名な作品『夜の讃歌』（*Hymnen an die Nacht*, 1800）の中の次の表現、

　死において永遠の生は識られる、あなたは死であって、しかもはじめてわれわれをすこやかにする[5]

を比較すれば、アルヴィドソンの文学的背景の一端を把握することができるだろう。このノヴァーリスの表現からは、死を肯定的に捉えようとする彼の生命観がうかがえる。すなわちそれは、死は'終わり'であり不安と恐怖に満ちたものではなく、むしろ死は'始まり'なのであり安らぎに溢れているのであるということである。上記のアルヴィドソンの表現は、まさにこのようなノヴァーリスの生命観をそのまま借用したかのようであり、そして生死を超越したところに、「魂の永遠性」や「精神の安息」を求めようとするノヴァーリスの思想に感化されて

いることがはっきりと読み取れるのである。

　ドイツロマン主義の思想の領域では、アルヴィドソンの博士論文『中世におけるロマン主義的な特徴に関する歴史的研究』（第二章第四節）を一瞥すれば、彼が、ヘーレン、シュレーゲル、シェリングといったドイツの著名な歴史家や思想家などの論考から恩恵を受けていることが容易に分かる。同論文の最初の部分においてアルヴィドソンは、これらのドイツ人学究の文献を明記して、その諸説を参考にしながら、中世がキリスト教信仰と緊密に結びついた時代であったことを論じている。例えばアルヴィドソンは、ヘーレンの所説を引用して中世はキリスト教信仰の英雄時代であったとし、信仰における愛や神聖な力というものが北欧における農民の活力源となり、時代の性格を作っていったと述べている[6]。このキリスト教信仰を基調にした人間観・世界観こそ、アルヴィドソンの思想の根幹となるものであった（本章第三節、第四節）。

　ところでフィンランド人研究者クローンは、19世紀初期のドイツの思想界・文学界について、哲学や形而上学を主たる関心とする「イエナ学派」、そして民俗詩や民族の古代史を主に扱う「ハイデルベルグ学派」という二つの大きな流れがあり、これらが他のヨーロッパ社会の論壇に影響を与えたことを指摘している[7]。当時のスウェーデンの状況を俯瞰するならば、まさにこのようなドイツの潮流に乗っているように見えるのである。大づかみに言えば、前者の学派の系統に属するのが「フォスフォリズム」（Fosforism）であり、そして後者の学派の場合は「イェート主義」（Götism）であったであろう。このようなスウェーデンロマン主義の文学と思想が、アルヴィドソンをは

じめとするフィンランドのトゥルクロマン主義者たちに進むべき道を教え示したのであった。それでは、このスウェーデンロマン主義の二つの流れとアルヴィドソンの関わりについて説明することにしたい。

2. フォスフォリズムとアルヴィドソン

　まずフォスフォリズムから述べることにする。この名称は、文芸誌『フォスフォロス』（*Phosphoros*）に由来するものである。同誌は、1810年から1813年にかけてスウェーデンのウプサラ（Uppsala）で発行された（したがってフォスフォリズム派は、「ウプサラグループ」とも呼ばれている）。スウェーデンの研究者フリューケンステッド（Holger Frykenstedt）によれば、フォスフォロスとは the morning star すなわち「明けの明星」を意味する[8]。つまりこの言葉が意味する通り、同誌はまさに新しい文学の黎明を告げるべく登場したのであった。これ以前のスウェーデン文学界は、国王グスタフ3世（Gustav Ⅲ, 1746 ～ 1792）のもとでフランス啓蒙主義の影響が強かったのであるが、同誌はそうした傾向に代わる新時代の到来をスウェーデン文学界にもたらしたのである。同誌の主催者の一人が、スウェーデンロマン主義文学の代表的人物であるアッテルボムであった。以下ではまず、アッテルボムを中心にしてフォスフォリズムの特質について述べることにする。

　アッテルボムは、1807年に文学団体「ムシス・アミシ」（Musis Amici）を設立し、「文学の革命を起こす」と宣言した。この団体は、「アウロラ協会」（Aurora förbundet）へと改組発展していく。そして彼と作家のパルムブラド（Vilhelm Palmblad,1788 ～

1852) らが中心となって、『フォスフォロス』創刊に至るのである。彼らは、それまでの文壇で主流であったフランス啓蒙主義とその追随者を、精神のない形式主義者などと徹底的に批判し、嘲笑するような論陣を張った。他方で彼らは、『フォスフォロス』などに、幻想、敬虔さ、美、人間の内面性などを強調した詩文を発表したのである[9]。アッテルボムのこのような代表的な芸術観は、同誌創刊号の冒頭に掲載された彼の詩「プロローグ」（"Prolog"）の中で明らかにされている[10]。フリューケンステッドの解説によれば、アッテルボムは詩がイデーの世界、すなわち人間の感覚を超えた永遠普遍の美の世界から生まれると考えていた。さらにフリューケンステッドは、アッテルボムの「プロローグ」には、古代の美の形態とキリスト教そして自然哲学のイデーの内容を統合させようとするロマン主義の特徴が見られることを指摘している[11]。以下にスウェーデン文学の革新を高らかに宣言した「プロローグ」の冒頭部分を紹介しておこう。

  永遠の声。
  天からの眼差し、
  深い霧の中から、
  明けの明星（Phosphoros）が昇ってゆく。
  木々は照らされ、
  バラは光り輝く、
  そして星々は瞬く、
  さざ波が立てる音の中に、
  きらめき輝く女性の姿[12]。

第三章 詩人アルヴィドソンの理想主義：人間観と世界観

「明けの明星」とは、アッテルボムらロマン主義者自身、あるいは彼らが志向する新しい文学の比喩として解釈することができるだろう。「明けの明星」すなわち新しい文学（者）は、「深い霧」つまり混沌とした古い文学界から抜け出て、「天」の神聖な意志によって祝福され、理想へ向かって昇ってゆく。そして地上をあまねく照らしていくのである。このようにこの詩では、新しい文学を切り開こうとするアッテルボムの決意や宗教的な美意識が表現されているのである。

前章第四節で記したアルヴィドソンの詩「希望」（"Hoppet"）は、このアッテルボムの作品の美意識をなぞったかのように思われる。特に前半部分がアッテルボムの影響が強く感じられるので、参考までにその部分だけ再度引用する。

    遥か天空の朝焼けを見よ、
    春の地平線は黄金に輝く、
    天空は紫の炎に包まれて光を放つ、
    そしてかすかな光が暗い大地を照らしていくのだ！

    夢のようにうっとりとした岸辺
    そこにいる人の姿が輝いている、
    それはまさしくノルン（Norn）その人
    天賦の詩才、
    束縛から解き放たれるだろう
    埃にまみれた鎖がはずれて、
    そしてバラの花束を持った愛とめぐり逢うだろう[13]。

「ノルン」とは、北欧神話に出てくる女神である。この詩では、「朝焼け、光、バラ」の表現を効果的に使用して情景を描写しようとした点において、アッテルボムの作品と共通の美的感覚が見られる。特にこの詩は、「朝焼け」を象徴的に使って、世界と人間の行く末が神によって祝福されていることを暗示しており、アッテルボムの作品と相通ずる意図がうかがえる。

19世紀初期のトゥルクの青年文学者たちは、アッテルボムの作品に代表される人間の感覚を超えた永遠普遍の美と自然に内在する神聖な精神を描こうとする美意識や世界観に傾倒していったのである。それは『フォスフォロス』を「教科書」とするほどのものであったという。まさに上記のアルヴィドソンの詩「希望」が示している通りである。アルヴィドソンは、トゥルクの青年文学者の団体「アウラ協会」（第一章第三節）の中では、歴史主義的・ナショナリズム的な主張が強く、センチメンタルな理想主義に批判的であったとされるが、フォスフォリズム自体に異を唱えたわけではない。いずれにせよ彼の初期の作品には、フォスフォリズムの影響が色濃く見られる[14]。

3. イェート主義とアルヴィドソン

次にスウェーデンロマン主義のもう一つの潮流である「イェート主義」について述べたい[15]。その主柱となる理念は、「古代イェート人の精神・文化の復興」ということであった。例えば1811年2月にストックホルムで創立された「イェート協会」（Götiska förbundet）の憲章の中で、「古代イェート人の自由、勇敢さ、誠実さの意識」が称えられている（イェート協会派をストックホルムグループとも言う）。ところで古代イェ

ート人とは、現在のスウェーデンの南部地方イェータランド (Götaland) に居住していた人々であり、ヨーロッパはもとよりアジアやアフリカの一部にまたがって勢力を広げたと言われている。したがって同協会の人々にとって何よりも意味のあることは、祖先の偉大な業績に思いを馳せ、スウェーデン人としての民族意識をいま一度確認し、高く掲げることにあったのである。

　イェート協会が、古代イェート人の栄光に由来するナショナリズムを強調した背景については、同協会設立当時のスウェーデンを取り巻く国際関係を念頭に置いて考える必要があろう。1808年から1809年にかけてスウェーデンはロシアと戦争を行ったが（「フィンランド戦争」第二章第三節）、苦杯を喫し、ロシアに対してフィンランドの譲渡を余儀なくされた。結局この敗戦の結果スウェーデンは、バルト海の覇者として地位を手放すことになったのである。このことからわれわれは、当時のスウェーデン人が抱えた挫折感や失望感、そして過去の栄えある伝説にいま一度心酔したいとする心性を推し測ることができるであろう。

　スウェーデンの研究者ステッフェン（Richard Steffen）によれば、イェート主義派の思想的特徴は、民族における言語と文化の一体性を強調しようとするところにあった。その活動は民族の歴史や伝承の調査・研究に向けられ、また文学の分野ではやはりナショナリズムを強調し、鼓舞する詩文を多く生み出した。なおこのグループの人々は、ウプサラを中心に起こった「フォスフォリズム」には関心があったが、フォスフォリズム文学の美意識や理想主義よりは、「イェート人」の歴史と文化の固

有性のほうに強く引き寄せられていったのである。
　イェート協会における著名な人物としては、リングとイェイェル（Erik Geijer, 1783 〜 1847）の名前があげられるであろう。リングは、文学・思想の面で、最もイェート主義的な人物と言われた。彼は、古代ノルド人の理念に感化され、「エッダ」（*Edda*）や「サガ」（*Saga*）などの北欧神話・伝承文学を研究するとともに、祖先の信仰や古代の英雄を賛美する壮大な詩の執筆にも取り組んだのであった。アルヴィドソンがリングを絶賛し、彼に心酔していたことはすでに述べた通りである（第二章第四節）。
　次にイェイェルであるが、彼の執筆分野は歴史をはじめとして、文化、政治、社会など多岐に及んでいる。また出版の分野では『イドゥナ』誌（*Iduna*, 1811 〜 1824）を発行し、スウェーデン民族を賛美する詩や、「エッダ」や「サガ」などに関する論文を発表した。ここでイェイェルの詩の一節を紹介する。このイェート人の精神を賛美する言葉の中に、われわれはイェート主義の真骨頂を見い出すのである。

　　それは一つの時代であった　——男の時代、それはイェート人の時代だ
　　物静かでもあり、勇敢でもある
　　宴会の蜜酒を飲み、戦いの血を飲み干した [16]

　アルヴィドソンは、古代イェート人の精神や生活についてどのように考えていただろうか。それは、彼が 1817 年に提出した博士論文『中世におけるロマン主義的な特徴に関する歴史的研究』（第二章第四節）の中で具体的に示されている。この論

文において彼は、スウェーデン人の祖とされる古代イェート人が、古代ローマ時代にゲルマニア地方北部のバルト海南側に居住していた「ゲルマン民族」の一部であったと述べている。そして彼は、この古代ゲルマン人の感性、精神を北部ヨーロッパ人は受け継いでいることを強調するのである。例えばアルヴィドソンは、古代ゲルマン人（古代イェート人）の美徳として「信仰の誓い、約束の遵守、破られることのない友情、燃えるような名誉心」を、そして彼らの性格として「恐れを知らない魂の力強さ、高貴さを求めて高く飛翔する心、悲しみと独特の静寂さと平穏さ、燃える炎のように自由を愛すること」をあげて、これらが「ゲルマン人の生活、思考様式、礼拝、詩」の中で顕現されていると述べている。

　この論文の中でアルヴィドソンは、民族の精神のあり方を左右する要因として「国家の地理的位置や気候」を重要視している。したがって極北の地という過酷な自然条件が、北部ヨーロッパ諸民族の心性を、「生まれながらにして静寂で、静かな悲しみ」という繊細で優美な女性らしさ、同時に「屈することのない断固たる勇敢さ、恐れることのない勇気」という力強く、粘り強い男らしさを湛えたものにした、と彼は考えるのである[17]。次章で紹介するアルヴィドソンの詩の中では、このような古代ゲルマン人的（古代イェート人的）感性を「ユリ、乙女、無垢な青年」などの比喩を使って、幻想的に描写しようとする試みがなされている。彼の詩表現や思想の内実をなす人間観は、古代ゲルマン人の精神や感性に基づくものであったと言えるだろう。

　さらにアルヴィドソンの思想のうち、世界観についても「古

代ゲルマン人的生活」（古代イェート人的生活）が大いに関係しているると考えられる。彼は前出博士論文の中で、「古代ゲルマン人的生活」の特徴を次のように説明している。すなわちそれは、「山地や大きく鬱蒼とした暗い森の中で生まれ育った」古代ゲルマン人は、高く荒涼とした山の中にある大きな岩を強力な自然の精神が作った「記念碑」として、また太古の森には神の力にまつわる話や人間の知らない不思議な話、そして遥か昔の話を語り伝える「古代の精霊」が宿っていると考えて畏敬の念を抱いてきた、ということである[18]。アルヴィドソンは自作の詩の中で、この「岩の記念碑」、「太古の森」、「大木」、「松の木」という象徴を使って、自然の中に宿る神秘的な精神を畏怖し賛美する表現を試みている（第四章）。

　以上、ドイツとスウェーデンのロマン主義とアルヴィドソンの文学と思想の関連性について概観してきた。スウェーデンロマン主義に限ってみるならば、フィンランド人研究者タルキアイネンは、アルヴィドソンがトゥルクロマン派の中でもフォスフォリズムと「フェンノマニア」（Fennomania、フィンランド人主義：第一章第二節）思想の熱烈な代表者であったと指摘している[19]。フェンノマニアが言語と民族の一体性を説き、民族の古代の歴史を賛美する点においては、思想的にはイェート主義の流れと同じくするものと理解して差し支えないであろう。また同じくフィンランド人研究者クローンは、アルヴィドソンの詩作の動機にフォスフォリズムとイェート主義が影響を与えたと明快に述べている[20]。

　古代ゲルマン人（古代イェート人）の美意識や精神、そして民族の言語や祖先から受け継いできた伝統などに根ざすアルヴ

ィドソンの芸術観とナショナリズムが表現された彼の詩を紹介しておこう。以下は、『オーボ・モロンブラド』第 14 号（1821 年 4 月 7 日付）に掲載された彼の詩「古代と未来」（"Forntid och Framtid"）の和訳の一部である。フォスフォリズム的な言葉「太陽、ユリ、海」や古代ゲルマン人的生活や信仰を示す言葉「森、古代の記念碑」などを用いて、幻想的な雰囲気を醸し出すとともに、古代ゲルマン人的感性から発する「生まれながらにして静寂で、静かな悲しみ」の情景を描き出している。文中の「ヴァイナモイネン」（Väinämöinen）とは、フィンランドの国民的叙事詩『カレヴァラ』（Kalevala）にも登場する伝説上の詩人である（第一章第三節）。このフィンランド文学における古典的モチーフとも言うべき人物を描きこむことで、民族の歴史に対する愛着を増す効果を生んでいる。

太陽は昇る、すべての星々は暗くなり、空の中へ沈んでいく、
その輝かしい光が、谷や山の頂へやさしく広がっていく。
鳥たちの歌が曲りくねった川の水面(みなも)にさざ波を起こす、
美しいユリが岸辺に生えている、陽光のきらめきの中で、
静かな海、暗い森からは嵐の喧騒たる音も聞こえない、
穏やかな西風、遠慮がちにゆり動かすようにして波を立てる。
ヴァイナモイネン、この老人は崖のてっぺんに腰をかけている
黄金の竪琴の甘美な音に合わせて崖の上から歌う。
この年老いた詩人の周りは聖なる静けさが取り巻いていた、
うっとりとするような竪琴の調べの力強さ、それはあらゆる生き物の経験を物語るもの、

彼は世界の始まりを歌った、そして神々や人間たちの運命も歌った、

その時彼の男らしい頬には涙が光って流れていた。

………

彼の墓はどこにあるのだろう、おおフィンランドの詩人よ、聖なる山のあいだに

古代の記念碑が隠されている、それはいまや彼の灰で覆われている。 ………[21]

第二節　アルヴィドソンの啓蒙主義批判

　ロマン主義が、あのフランス革命の思想的基盤となった啓蒙主義に対するアンチテーゼの立場を採るものであることは知られている。端的に言えば、理性の普遍性を主張し、中世の神秘主義を排除しようとする合理的な啓蒙主義に対して、ロマン主義は個人の感性や想像力を強調したのであった。ロマン主義文学がファンタジーやおとぎ話を題材としたのもその証左である。またロマン主義は、民族の神話や伝承の中に創造性や神秘性を見い出そうとしたが、その認識の出発点には、啓蒙主義とは対照的な「創造的」で「非合理的」な人格がある。イギリスの政治哲学者バーリン（Isaiah Berlin）は「創造的自我」という言葉を用いて、ロマン主義が「個人的ないし集団的、意識的ないし無意識の、固有の人格性をば事柄や環境に刻印し、所与ではなく創造の過程で生み出される価値を実現」[22]しようとするものであると説明している。したがってもっぱらロマン主義は、行動の結果よりは創造のための動機の純粋さ、誠実さを重

第三章 詩人アルヴィドソンの理想主義：人間観と世界観

んじ、以下でも述べるように理想に対する犠牲や献身を賛美したのであった。

そもそもロマン主義の意味するもの、その対象とするもの、あるいは定義について簡潔かつ具体的に表すことは不可能である。ロマン主義の主題となるものはきわめて多様かつ複雑であり、したがって決定的な見解を指定することなど至難の業であると言わざるをえない。バーリンがあげている様々なロマン主義の例[23]を見れば、客観的で包括的なロマン主義の定義や主題を提示しようとする試みはあまり意味をなさないことに気づかされるのである。しかしながら、ロマン主義の精神的傾向を考察する上で示唆に富むと思われる言説を紹介することはできるかもしれない。

例えば次のハイネ（Heinrich Heine, 1797 〜 1856）の文章は、ロマン主義文芸、特に詩が中世に対する懐旧と思慕の念の発露であること、その基調にあるものは宗教と信仰であることを簡潔に述べている。「…ドイツにおけるロマン派とは何であったか。それは、中世の詩歌、絵画、建築のうちに、つまり芸術と生活のうちに現れていた中世の詩の復活にほかならなかった。しかしこの詩はキリスト教から生じたものであり、キリストの血から咲き出た受難の花であった」[24]。このハイネの言葉からわかるように、全体的に言えばロマン主義精神の底流にあるものは、中世とキリスト教カトリックの生活様式および美意識への憧れということであった[25]。「受難の花」という言葉によって象徴的に示されるのは、信仰や理想に対する敬虔で献身的な態度、時には自らの犠牲も厭わない殉教的態度こそ、決して色褪せることのない永遠に「美しい」ものである、ということで

ある。この美意識は、まさしくバーリンが言うところの「創造的自我」である。結果の如何よりも、動機の美しさを追及する自己陶酔の姿がロマン主義の精神性を表すものと言える。いずれにせよロマン主義が中世的、カトリック的な美意識の上に拠って立つものである以上、そうした'旧弊'を取り除いて、人知や理性に対する信頼の上に新たな自己の陣地を築こうとする啓蒙主義が、ロマン主義とは相容れないのは当然のことであった。

　それではロマン主義者アルヴィドソンの啓蒙主義批判を紹介する。彼は、『オーボ・モロンブラド』第39号（1821年9月22日付）に掲載された論文「詩における道徳の適用」（"Moralen använd i Poësie"）において、啓蒙主義やその思想の推進役になったフランスに対して辛辣な批判を行い、詩と詩人の意義について見解を明らかにしているが、われわれはそうした言説の中から、彼の人間観や世界観、そして芸術観などを読み取ることができる。

　アルヴィドソンは次のように啓蒙主義を糾弾する。すなわち啓蒙主義は、「美や芸術、民族や祖国、信仰や神話をすべて冷え切ったものにしてしまった」。そして「啓蒙主義の世界において宗教は追放されてしまったから、神聖なるファンタジーは馬鹿げたものとなり、夢想家を崇拝するようなものになってしまった」。また啓蒙時代における宗教のあり方については、いまや「古ぼけた台所用品のように」しか見なされなくなり、「永遠の神殿にいる無垢なる尼」が持っているような敬虔な心が軽んじられるようになった。結局彼は、「啓蒙主義は精神的に高慢、頑固で硬直化した産物であり、自己満足の王国の不合理な産物

第三章 詩人アルヴィドソンの理想主義：人間観と世界観

である」と断定するのである[26]。

　アルヴィドソンにおける反啓蒙主義の思想的立場は、フランス人の風俗や気質に対する反感と共振しながら、彼の文学観のみならず政治観まで貫いて行ったのではないかと考えられる。彼は、ゴール人（フランス人）の気質が、「表面的で実際的な享楽を好み、つかの間だけ興奮する喜びを追い求める」とその軽薄さをこき下ろす。その生活ぶりを、「きらびやかな生活と目もくらむような着こなしをした振る舞い」と皮肉る。これはフランスの華美な宮廷文化をあげつらった表現であろうか。そして彼は、これらの「フランスの悪弊（abuse）」が対外的に流出し、人々がそれまで持っていた神聖な精神を侵食していったと嘆くのである。「流出」の契機となったものは間違いなくフランス革命であろうが、彼は、それ以前の「30年戦争」（1618〜1648）と「七年戦争」（1756〜1763）をあげている。これらの戦争の結果、中世ヨーロッパ社会に君臨していた「かつての大国」は、衰退の道を辿ることになった。これにより「外国の不潔な習慣やその強力な精神」が、人々の内面の「神聖な炎」である「高貴な騎士の精神」を消してしまった、これは「すべての神聖な絆を分裂させようとする」ものだ、とアルヴィドソンは言う[27]。

　実際アルヴィドソンは、破壊と混乱をヨーロッパ各国に拡散させたフランス革命と'英雄'ナポレオンを激しく批判し、フランス語が流入してくることにも毛嫌いしていた（第二章第二節）。フランスの詩歌についても彼の見方は峻烈であり、それが「フランス人の民族性と結びついたものであり、快活で享楽的であるが、しかし蝶の単なる楽しげな春の暮らしに過ぎず、

99

酒で一時的に陽気になったようなものだ」と歯牙にもかけていない。かくしてアルヴィドソンは、「フランスの詩歌は人間の深い感情に及ぶもの」ではなく、したがって「フランス芸術はモデルにならない」と述べて決定的に切って捨てるのであった[28]。

　本節で紹介したアルヴィドソンの言葉から分かる通り、彼の美意識は、個人の内面の奥底にある情感を宗教、信仰と結びつけて、永遠性・絶対性を追い求めようとしたところに特徴が見られる。次節では、そのような芸術観に立脚するアルヴィドソンの人間観と世界観を検討してみたい。

第三節　アルヴィドソンの人間観と世界観

　アルヴィドソンの人間観と世界観を図式的に表すならば、個人から始まって、次に民族（国家）、そして最終的に神の次元へと至るものである。もともと理性を備えた人間は神に次ぐ高貴な存在なのであり、不断の努力によって「絶対的な真実」の高みを目指そうとする。民族（国家）は理性的な個人によって構成されるものであるが、個人は民族（国家）の中ではじめて人格が認められ、倫理的にさらに高次の存在へと引き上げられるのである。民族（国家）の形成は、神の摂理に従ったものであり歴史的必然である。このように彼の思想は、宗教と信仰によって方向づけられた理想主義的なものであったと特徴づけることができよう。

　まずアルヴィドソンの人間観からもう少し踏み込んで論じていきたい。彼の論文「詩における道徳の適用」（前出）にお

第三章 詩人アルヴィドソンの理想主義：人間観と世界観

いて、人間性に関する次のような洞察が提示されている。第一に人間が生来的に有している知性は、神から授けられたものであること、したがって人間は神に次ぐ理性的な存在である。第二に人間がその知性によって真に認識すべきものは神の偉大さであり、その意志であること、それはまさに永遠普遍の美、絶対的な真実である。第三に人間の精神は神の聖なる世界に憧れて、その地を目指して飛翔しようとするものである[29]。

　そもそも神の存在、そして神の摂理は無二のものであり、永遠かつ無限である。他方で人間と人間が営む社会は、相対的であり空間、時間ともに限られた存在である。人間の認識や表現手法も同様の性質を持つものである。しかしながら人間は有限な存在であるからこそ、絶対的なものに憧憬を抱き、少しでもそれに近づこうとする。さらに言えば神に次ぐ理性的存在としての人間は、いまよりもさらに高次の道徳的存在になるべく、自己に修練を課す責務を持っているのである。いわば人間は、神に近づこうと日々奮闘するのである。アルヴィドソンはこうした禁欲的人間像について、「厳しく自己を磨き、純粋に努力のみを行い、勤勉さを維持することである」[30]と述べている。フィンランド人研究者クローンは、ロマン主義思想における人間像について次のように説明している。すなわち人間は生来、神の性質を宿しているのであるから、神的な存在を目指すものである、つまり人間は人間自身を超えて完全さに向かって進歩していくのである[31]。そしてこの「理想主義的人間」は、神の意志が展開し、やがて結実するであろう「自然」（世界）によって包摂される。このような「自然」（世界）と「人間」を貫く宗教的理想主義は、アルヴィドソンの思想の主柱となるもの

である。

　それではアルヴィドソンは、個人と民族の関係をどのように捉えていたであろうか。言語を紐帯とする民族の一体性を強調する彼のナショナリズム思想についてはすでに論じているため（第一章）、ここでは民族精神という観点から彼の民族観を観念的に考えてみたい。アルヴィドソンは、『ムネモシュネ』1822年2月号に掲載された「見解」("Betraktelser") という文章の中で、民族の固有性、普遍性、神聖さを強調し、あらゆる集団の中で民族だけが絶対的で永遠なのであり、民族こそがその中の個々の人間の存在を規定する唯一の存在であると述べている。さらに彼は、民族と人間を一体化して、民族という集団は人間性が現出したものであると見なしている。そして彼は、民族は人間全体と共にあらゆるものの起源である神を目指して活動していくのだと断言して、人間や民族と神とのあいだを関連づけるのである[32]。

　以上のアルヴィドソンの所説を踏まえて言えば、「民族」を媒介にして「人間」が「神」へ近づいていくこと、つまり人間がさらに完成された存在になっていくこと、これが彼のナショナリズムの根幹をなす理想主義的な精神にほかならないのである。したがって彼にとっては、人間性の完成のために民族の形成、発展こそが何よりも肯綮な任務であり、同時に崇高な目標でもあったのである。このように「人間」「民族」「神」という三つの段階によって、一体的な秩序が構成されることになるのである。

　アルヴィドソンの宗教的理想主義の思想は、ドイツロマン主義のシェリングに代表される人間観や世界観に啓発を受けたも

のであることが言われている。シェリングは、「人間は神の外にあるのではなくして神の内にあるのであり、彼の働きそのものも神の生の一つとしてその生に属する」[33]と述べている。この言葉は、人間や世界の存在一切は神によって包摂されているのであり、それゆえ個人の意志や自然の営みは神の意志にすべて依拠するものであることを意味している。絶対者である神の意志は、人間の合理的な知識や技術をもってして把握できるものではない。シェリングは、ギリシアの哲学者セクストゥス・エンピリクス (Sextus Empiricus, 160～210) の言葉を引用して、「哲学者」こそ「自己の内なる神を以って自己の外なる神を把握する」[34]と述べている。つまり神の意志を理解し具体化できる者は、自己の内に神性を備えたまさに超人的な一握りの人たちだけであり、そのような「啓示」を受けた天才的な人々のイマジネーションこそ重要であった。例えばアルヴィドソンは、「芸術というものは一つの独特の神の力なのであり、天からの贈り物」[35]であると述べている。これは真の芸術を創出する者は、天啓を受けた超人的な人物のみであると解釈できるだろう。彼の「英雄詩人」論は、このような視点から掘り下げてみることもできるだろう。

　以上述べてきた通りアルヴィドソンの人間観と世界観は、神と信仰に立脚する美意識に根底から強く規定されており、理想主義的な志向を持つものであった。次節では、詩の対象とするものと詩人の役割について、彼の思想を検討する。

第四節　アルヴィドソンの美意識：詩と詩人

　アルヴィドソンの美意識を象徴的に表している彼の文言をあげるとすれば、「詩というものの力は、人間にとって創造的な神の力である。それは朝焼けのように全能の光であり、新たに生まれる世界、そして天の国を照らすのである」[36] という一節であろう。いままで本書で述べてきたようにアルヴィドソンの芸術観（美意識）は、神聖さに対する礼賛と憧憬という宗教的理想主義に強く根差すものであった。

　前節の叙述と重複するが、人間はもともと神聖な世界に憧れを抱いており、神の国に近づけるように研鑽を積むべきであるとアルヴィドソンは考えていた。彼は、この神聖な世界あるいは神という「絶対的なもの」を「真実の光」という言葉で表現し、それに到達しようとして人間が努力を重ねることが貴いのだと言う。彼の言説に従えば、道徳というものは概念の領域にある。つまりそれは人間の思惟の所産であり、地上（現世）における人間の規範である以上有限なものであるが、他方この道徳的な存在としての人間が目指すべきものは神であり、神こそが「無限性の無限の現れ」なのだとアルヴィドソンは言う[37]。有限な存在である人間は、この絶対的な存在をありのまま認識することはできない。そうであるならば詩をはじめとする文芸の役割は、表象（イメージ）としての「創造主」を描き出すことにすぎないということになるだろう。しかしながら、「絶対的な存在」に対する人間の愛慕と畏敬の念は尽きることがない。それゆえ芸術をして、無限性や永遠性を必然的に対象とせざるをえなくさせるのである。アルヴィドソンは、こうした芸術の志向

について、「美の芸術は、有限の形態から生まれた無限の絵の調和である。創造的な芸術の前には永遠の理想がある」[38]と述べ、また文学については、「これ（理想）が自由な文学を目指して高く掲げられるならば、この有限性が無限性へと到達しなければならない」[39]（括弧は筆者）と、文学が「無限性」すなわち神聖さを目指すべきであると説いている。以上のようなアルヴィドソンの美と神聖さの芸術観を理解する上で参考になるのは、次のシュレーゲルの言葉である。「単に欲望や低次の生に向けられているのではなく、より高いものを目指すすべての学問と芸術は、結局においてただ一つの対象しか持たない。すなわち無限なるもの、まったく純粋に善にして美であるもの、神性、世界、自然、人間本性、すべてはこの一つの傾向しか持たない」[40]。アルヴィドソンの美意識は、結局このドイツロマン主義のシュレーゲルの言葉に集約されているといっても過言ではないだろう。

　アルヴィドソンの芸術観の説明をもう少し続けよう。彼は、「美というものは絶対性の象徴なのである」[41]と簡潔に指摘しているが、まさにこの絶対的な美、すなわち「無限なるもの、まったく純粋に善にして美であるもの」を表現する最も崇高な芸術こそ詩であった。彼は、詩とは「永遠さと無限さの清らかな鏡である。詩は、天と地の、それ自身輝くあらゆる絵の上をはばたく光る羽を持った輝く蝶である」[42]と比喩的に述べている。自然の中に現れ出る神の業（わざ）を称賛すること、人間性や民族性の神聖さを描き出すことこそ、詩の目標なのであり、使命となるべきものであった。アルヴィドソンは、絶対的な美すなわち神性というものが芸術の対象となるだけでなく、芸術

そのものが独特の神の力であり、天からの贈り物であると見なしていた[43]。したがって真の芸術は、それ自体が「美」なのである。そして天啓を得た詩人こそが、無限で永遠の「真実の光」を謳い上げることができるのである。まさしく真の詩人は、神の意志を表象することのできる「天才」であり「英雄」なのである。

　アルヴィドソンの叙述において明確に強調されている点は、人間が根源的に依拠するものとしての「宗教的感覚」である。「宗教的感覚が生命の北極星 (polaris) となるのである。つまり内面の火であり、力である」[44] という彼の言葉が、宗教の根源性に関する認識を示している。この「宗教的感覚」例えば敬虔、畏怖といった心性は、何らかの非合理的な感情や行動を伴うものであり、そこに合理的な怜悧さや功利的な打算は介在しない。つまり精神の純粋性が要求されるのである。そして永遠性や真実性に対する憧憬、自己を犠牲にしてそれらに身を捧げる態度こそ賞賛されるべきものとされる。そうした心の表れは、アルヴィドソンの言葉によれば「高貴さに対して涙を流す」[45] ことなのである。動機の純粋性と言ってもいいであろう。先に引用したハイネの言葉「キリストの血から咲き出た受難の花」は、苦しみ、悲しみ、敬虔さとともに、献身や犠牲から生まれた陶酔感や喜び、といったロマン主義の多様な心情を象徴している点に留意すべきであろう。

　アルヴィドソンは、詩の理想はファンタジーを創作する文学のために掲げられるのだと述べている[46]。一般的に「ファンタジー」とは、何らかの超自然的・幻想的・空想的な事柄を指すものとして考えられるだろう。アルヴィドソンの場合、草木

が風に揺れる様子、ごつごつした山あいから響く咆哮、鏡のように澄んだ水面、一本のユリ、そよ風の中で祈りを捧げる乙女などの様子を詩の中で描写しているが（次章）、明らかに彼は、これらの自然の情景の背後に超自然的な意図を感じ取っている。すなわちこれらは人知の及ばない神聖さの比喩であり、そして「無限なるもの、まったく純粋に善にして美であるもの」の象徴なのである。彼は、19世紀初期当時のフランス上流社会のような「きらびやかで目をくらむような着こなしをした……輝かしい王宮社会にも、文学の神秘的なトロール(troll)の世界が舞い降りてこなければならない」[47] とファンタジー文学の普及を力説している（筆者注：「トロール」とは北欧の伝承に登場する妖精・妖怪のたぐいのこと）。

　アルヴィドソンが、自然に内在する神聖な精神の展開を様々な比喩を用いて描写するとき、神とファンタジーの関係性について彼はどのように考えていたのだろうか。この点について直接的な彼の言説は見当たらない。しかし彼が思想的に多大な影響を受けたシェリングの叙述が参考になるであろう。シェリングはスピノザ（Baruch De Spinoza, 1632～1677）の汎神論を批判し、「神と万物との全き同一視、被造物と造物者の混淆」を否定している[48]。この見方を踏まえるならば、アルヴィドソンが描く聖なる「ファンタジー」は、現世における神の変容なのではない。それらは神による被造物なのであり、神そのものではないということになろう。したがってわれわれ人間は、この被造物を通して、永遠の存在である造物者に尽きることのない憧れを抱いているにすぎないということになる。

　本節では詩と詩人に関するアルヴィドソンの言説をもとに

して、彼の芸術観（美意識）について解明を試みてきた。最後に哲学的視点からもう少し述べておきたい。フィンランド人研究者クローンは、ロマン主義思想の傾向にはプラトン主義と新プラトン主義の特徴が見られると指摘しているが[49]、アルヴィドソンの美の思想の起源を辿っていけば、プラトンのイデア論やエロース論に行き着くのかもしれない。管見の限りでは、アルヴィドソンは自己の文章の中で、プラトンについて言及していないようである。少なくとも美についての彼の見解が示されている論文「詩における道徳の適用」（前出）には、プラトンについての記述は見当たらない。しかしながら美を神聖で絶対なものと捉えて、その'超越的世界'に限りない憧憬と愛慕の念を寄せるアルヴィドソンの甘美な思想には、確かにプラトン哲学の香りが漂っている。人間は「表象」によって「美」を想起し、描き出すわけであるが、人間は超意識的なものを究極的には理解できないとアルヴィドソンも述べるように[50]、この絶対的な美すなわち「美そのもの」は認識できないし、表現もできない。ただし選ばれた者、つまり天啓を授けられた者だけが、この究極の美の世界を認識し、そして描くことができる、とアルヴィドソンは主張するのである（「英雄詩人」論）。この点に関して彼は、「天の国のハープが鳴り響いて、その調べが身体に注ぎ込むことを知らなければならない」[51] と述べているが、この言葉はまさに聖なる啓示について象徴的に語っていると考えられるだろう。すなわち超自然的な感覚（インスピレーション）こそ、芸術の創造力の精髄であると彼が考えていたことがうかがえる言葉である。

　ところで論文「詩における道徳の適用」の中でアルヴィドソ

ンは、無知な者は開明されるべきであって、それにより「真実」や「美」が根底にあることを理解すべきだと述べている[52]。これは彼が、人間は総じて理性の力によってそのような絶対的な存在を探求し、把握することができるという可知的立場で論じているようにも読み取れる。しかしこの言葉は、彼が絶対的存在の根源性を強調することを意図したものであり、理性を正しく用いれば万人誰しもが「美そのもの」を認識できる、とまでは述べていないように思える。つまり彼は、絶対的存在に対する尽きることのない憧憬、畏怖、敬虔などの人間の精神の高貴さ、純粋さを訴えていると解釈すべきである。アルヴィドソンにとってまさに詩こそ、そのような心性を映しとるものにほかならない。彼は詩の精神性をこう述べている。「唯一神聖なものだけが、生命と創造的な力を結び付けて魂を鼓舞するのである。われわれをその紐帯から引き裂こうとする試みは、すぐに**撃退される**」[53]。

第四章　ファンタジーと自然の交錯：アルヴィドソンの詩文表現

　アルヴィドソンの詩文表現の大きな特徴は、人知を超えた精神の働きを自然の中に見い出そうとするところにある。彼は、それを様々な比喩を用いて、幻想的で神秘的なファンタジーとして表現しようとする。そうした表現の中に、彼の人間観や民族観、そして世界観が照らし出されてくる。つまりファンタジーと自然が交錯しあう中で、神聖さ、美、愛情、悲しみ、憧れ、民族の伝統と精神などが立ち現れてくるのである。本書では、いままで彼の詩をいくつか紹介してきたが、以下では彼の作品を集中的に取り上げて、その表現の特色と思想について具体的に考えていきたい。

1. 少女と生命の享楽

　それでは、アルヴィドソンの詩作活動における初期の作品と思われるものから紹介することにしたい。以下の詩のスウェーデン語原文は、フィンランド人研究者ダニエルソン＝カルマリの著作『民族的・国家的独立に至る道Ⅰ』（Danielson-Kalmari,J. R.,*Tien Varrelta Kansalliseen ja Valtiolliseen Itsenäisyyteen Ⅰ*, WSOY, 1928）に転載されており、和訳にあたってはこれを参考にした。

　　　「生命の熱情」"Lifvets Svärmeri"
　　　素晴らしい若さ、生命の享楽、

　　　　君は生きている時を謳歌すべきだ、
　　　　愛せよ、すべての瞬間に乾杯しよう
　　　　喜びの木立の中にある一本のバラを手折ってごらん。

　　　　そこにいる美しい少女に気がつくだろう、
　　　　瞳は輝き、胸は高揚している、
　　　　彼女がその手で運んでくるのは喜びだ、
　　　　そして君はそれを享楽と呼ぶ。

　　　　彼女の心の中をそっと覗いてみよう、
　　　　彼女に聞こえるようにそっとため息をついてみよう、
　　　　彼女の手にキスをしてごらん、
　　　　それこそ君が望んだものなのだから。

　　　　それで享楽は満たされた、
　　　　君は悲しみにとらわれていた、
　　　　暗い影から抜け出て君は満足する、
　　　　君がすでに手にした勝利を数えてみよう[1]。

　この詩は、総体的に生を楽観的に語っている。おそらく青年アルヴィドソンの眼前には、たとえ過去はどうであろうとも、未来の地平線は限りなく渺茫とし、その眺望は希望で輝くものとして映っていたはずである。「生命の享楽」を表す文言が、そうした彼の心象風景を描写していると言えるだろう。そして若者の情熱を賛美し、前途洋々たる希望を謳い上げようとする表現は、アルヴィドソンの心の発露であるとともにロマン主義

文学の特徴の一つでもある。またこの作品では、「美しい少女」に対する憧れが、「バラ」と重ね合わせて比喩的に語られている。一般的に言えばバラは美の象徴であり、ルネッサンス期の宗教絵画などでは聖母マリアとともに描かれた神聖な花である[2]。文中では、「バラ」の後に「美しい少女」の姿を描写することで、少女の存在性を美化し、神聖化する効果を生んでいると言えるだろう。この少女は喜びを運んでくれる天使なのかもしれない。

2. ファンタジーと生命観　その1

　第三章第一節においてアルヴィドソンの生命観が、ドイツロマン主義の作家ノヴァーリスから影響を受けたものであることを述べた。その生命観とは、死は'始まり'なのであり安らぎに溢れているものであること、そして生死を超越したところに「魂の永遠性」や「精神の安息」が求められる、というものであった。この点をさらに理解するために、以前断片的に取り上げたアルヴィドソンの「詩人の愛」という表題の短編の物語をもう少し紹介したい。

　　　　「詩人の愛」"Sångarens Kårlek"
　　竪琴（Cithran）を携えて、詩人が遠く離れた地を目指して旅立った。広大な土地を彼は通って行った。そして夜になると星が金色に輝く。彼は故郷にいるように感じた。そこで彼は見た。幸福な夢の中で希望と確信が彼を取り巻きながら降りてくる様子を。

　　こうして彼はさすらっていた。宵になれば鏡のように

澄んだ川のそばで、草を寝床にした。竪琴が奏でる優しい音にあわせて、彼は歌った。人生の素晴らしさを、夜の神々しさと永遠の青さを、そして魂の最も清純な様子を。………金髪の巻き毛のきれいな女性が肩越しに挨拶をした。「やっと君を見つけた！」詩人は叫んだ。竪琴の弦が激しく鳴り響いた。彼はその麗しい女性のもとへ走り寄っていった。そして聖なる口づけが永遠の誓いを封印したのである。

　彼は、幸福な幻想から目覚めた。そして全ては消え去っていた。睡蓮がそこにかわいらしく浮かんで、優しく微笑んでいた。そして揺れる波からゆっくりとささやく声が聞こえた。「私たちは死んでも再び会えるでしょう。」

　詩人が望むことは、ただ死の中にのみ永遠を見い出すことである。彼はそれを静かに求めている。彼にとって大地に咲く花々は、心が奪われるほど愛らしいものではない。しかしそれは初めてのことであった。夜の神々しさが、ひっそりと立っている記念碑を静かに取り巻いて輝いていたのは。それはまだ優しい音を奏でている：私はまたあなたに出会えたよ[3]。

　この文章は、夜の静寂さや神々しさの描写が印象的である。そして夢の中の「女性」と夢から覚めた後の「睡蓮」の様子が、まさにファンタジー的にそして甘美に表現されている。「睡蓮」はこの女性の象徴であり、同時に美や真実の表れであろう。文

中の彷徨する「詩人」は、アルヴィドソンのほかの作品でも「若者」として登場しており、美や真実を求めてやまない精神を持った人物、つまり理想主義的精神の象徴として描かれている。それは作者アルヴィドソン自身の心の表れであるとも言えよう。また最後の段落では、「夜」と「死」は同義的に捉えられており、不気味で忌み嫌うものというよりも神聖なものとして語られている。そして象徴的であるのは、「彼にとって大地に咲く花々は、心が奪われるほど愛らしいものではない。」という一文である。これは、人間が真に求める価値は世俗的なものではないこと、言い換えれば生死を超越した世界にこそ、われわれの究極の理想があることを意味しているものと思われる。

3. ファンタジーと生命観　その2

アルヴィドソンの生命観は次の作品でも表現されている。これは、『オーボ・モロンブラド』第5号（1821年2月3日付）に掲載された「生と死」という表題の短編の物語である。以下、中略して記す。

　　　　　　「生と死」"Lifvet och Döden"
創造主は言われた。尊きもの、つまりわが大地は、曙の若々しい輝きに包まれていたと。最初の柔らかな風が、ゆっくりと音を立てて糸のように流れていった。永遠の愛のそよ風であった。神の精神が父親のような寛大さで、自然に君臨していたのである。朝の礼拝が行われている中で、新たに生まれた大地は静けさと沈黙に包まれていた。そしてユリの花に向かって太陽が、永遠に青い空か

らやさしく微笑みかけていた。ユリの花は愛の象徴である。…………そしてポプラの木がささやいた。祝福あれ！祝福あれ！

　緑の草原に芳香を放つきれいなバラが咲いていた。一人の少女がジャスミンの発する蒸気の影の中で微笑んでいた。敬虔な夕べの礼拝、それは穏やかで甘美であった。彼女はまぶたを閉じてまどろみの中に漂っていた。彼女の頬はわずかに赤くなって上気していた。そして彼女は静かなため息をついた。時折彼女の幼い気持ちは高揚した。小さな天使たちが、この金髪の少女を輪に囲んで遊んでいた。そして楽園のような夢を彼女の耳にささやいたのだった。

　そこは岩壁の上からそう遠くはない。若者が頭に手をかざしてうつむいていた。大きな青い目には涙を湛えている。涙が頬の上をつたって、青白いユリの花のようにして消えていった。彼はまだ秘かに悲しい気持ちを抱きつつ、美しい少女を時々眺めた。しかし彼女はまだまどろみの中にあった。だから彼は再び失望して、その目には悲しみが宿った。彼のそばには天使が寄り添っていなかった。そして彼には、希望が飛び去っていくように思えた。彼の眼差しは涙にあふれていた。

　彼は長いあいだそこに座っていた。あの麗しい少女は、そこでまだ静かにまどろんでいた。彼は、あえてその天

国のような夢から彼女を目覚めさせようとしなかった。なぜならそれは、彼女の怒りを招くため、永遠に禁じられていたからだ。しかしこの乙女は、大地から飛び立とうとした。だからこの禁は解けたのであった。その時、彼の青い瞳に微笑が戻った。彼はその唯一無二の人のもとへ急いで行った。そして彼女を抱きしめて、そのバラのような唇に祝福の口づけをした。彼女は夢から目覚めた。…………

　君はこの夢見る少女を感じないだろうか。彼女は生であり、その愛すべき死とともに、心が奪われるほど美しい天の国へと飛び去っていくのだ。変わることのない真実を愛せ、熱い心を持つ君よ。その真実を愛慕する心こそまさに永遠なのだ。愛の口づけが君のその心を目覚めさせ、もっと輝かしい世界へと誘うだろう！[4]。

　この物語の最初と二番目の段落からは、古代ゲルマン人的（古代イェート人的）的な静寂さと敬虔な信仰、そして自然を支配する神の穏やかな精神を読み取ることができる（第三章第一節）。また、「ユリ」や「少女」、「小さな天使」に関する表現は、ファンタジー的な効果を生んでいる。文中の「金髪の少女」は、夢と現（うつつ）が溶け合って、その境界があいまいになってしまった空間に漂っているかのようである。そしてこの夢と現（うつつ）は、それぞれ「死」と「生」に対応しているのであり、「少女」はこの二つの世界の狭間にいるかのように描かれている。「若者」は「少女」に魅かれているが、彼女が「美

しい天の国」へと去っていく身である以上、「若者」の「少女」に対する恋心は、生と死を超越した永遠の世界に対する大いなる憧れの比喩でもあると解釈できるだろう。

4. 詩人と生命観

　前記の二つの作品では、「死」の中に「生」を見い出すとともに、それは「終わり」ではなく「始まり」であること、すなわち「永遠」であるというアルヴィドソンの生命観が表現されていた。そうした思想は、次に紹介する詩「詩人と死」でも顕著に見られる。この作品は、『オーボ・モロンブラド』第3号(1821年1月20日付)に掲載されたものである。

　　　　　　　「詩人と死」"Skalden och Döden"
　　翼を広げて舞い上がっていくような感じがするはずだ、
　　死、それは燃え盛る炎に捧げる一つのいけにえ、
　　高貴な力を持った手が
　　そうした運命を詩人に与えたのだ。
　　永遠！　それがわれわれの謎
　　けれど君のそばにだけ答えがまだ鳴り響いている、
　　つまり死の中に生まれた生命ということ
　　それはわれわれの望み、穏やかな大地をかなえるために。

　　魂が憧れるそのあたりに
　　元々いたような感じがする、
　　そして夜の影が忍び寄り
　　その暗闇が訪れる様子、

高貴な力のあたりは明るく照らされた光景
詩人の心の炎は燃え盛る。――
生と死はその時添い遂げるのだ
心が揺さぶられるような歌のもとで。

愛、憧れ、苦しみ、そして歌
過ぎ去った世界のぼんやりとした記憶、
個々の言葉は単に一つのことを意味しているにすぎない、
初めに死の中に明るさがある。
そして天使が捕らわれびとを自由の身にした時に、
敬虔な心から鎖がはずれるだろう、
生命の神秘がそのことを解き明かすことを願う、
それは神聖な目的が微笑んでいる光景だ。

初めに死の中で生が目覚める
うっとりとするような夢から。
そして涙を流した思い出と
夢を映した蕩けるような甘美な日々。
それは彼女に与えられたひと時
灯りはまだわれわれの心を照らしている、
そして死の中でユリの歌
それは永遠を象徴する絵文字のようだ[5]。

　アルヴィドソンの生命観についてはすでにふれた通りである。この詩に限って言えば、「死」を歎美する姿勢が顕著であり、厭世の感さえ漂っているように思える。

最初の段落の一文「高貴な力を持った手がそうした運命を詩人に与えたのだ」が示す通り、アルヴィドソンは、詩というものを人間の内面に宿る情熱を描き出すとともに、「高貴な力」すなわち神によって与えられたそれ自体が崇高な表現手段として位置づけていることがうかがえる。第三章第四節で述べたようにアルヴィドソンは、真の詩人こそ神の意志を理解し表象することのできる存在であると考えていた。つまりアルヴィドソンにとっては、生死を超越した「永遠」を表現する手段として詩があり、詩人こそが神に次ぐ表現者なのである。そして真の詩は「永遠」であり、それ自体が美なのである。

　ところで第三段落の文言の解釈は、抽象的な箇所もあってやや困難さが伴うものである。例えば「そして天使が捕らわれびとを自由の身にした時に、敬虔な心から鎖がはずれるだろう」とは、人間存在と信仰のあり方を言及しているように読みとれるが、敢えてこの一文の含意するところを踏み込んで考えれば、フィンランドの境遇を「捕らわれびと」、そしてロシアによる支配を「鎖」にたとえて表現しているように思える。

　この解釈が妥当なものであるならば、第一段落の中の言葉「われわれの望み」および第三段落の「神聖な目的」とは、'フィンランド独立'ということになるのであろう。したがってこの詩の真意は、詩人の聖なる使命や生命観を謳うことにとどまらず、祖国フィンランド解放のためにフィンランド人が自らの身を捧げる覚悟、すなわち「穏やかな大地をかなえるために」、自己の「死」をも厭わぬ決意を問うものであるのかもしれない。ここに動機の純粋さや誠実さ、理想に対する献身に至上の価値を見い出そうとするロマン主義思想の一端が表れていると言え

る。「翼を広げて舞い上がっていくような感じがするはずだ、死、それは燃え盛る炎に捧げる一つのいけにえ」という冒頭の熱情的な一節が、まさしくこの点を象徴的に示しているのである。

　第四段落で印象的な表現は、「死の中でユリの歌　それは永遠を象徴する絵文字のようだ」であろう。純潔を表し、聖母マリアの象徴でもある「ユリ」が、死というものを甘美で清らかに、そして神聖なものに印象づける効果を生んでいると言える。死は終わりではなく生の始まりであるという逆説的なアルヴィドソンの生命観は、生と死の二元論を克服して、それらを超越したところに永遠性を見い出そうとする姿勢につながっていく。第二段落の「生と死はその時添い遂げるのだ　心が揺さぶられるような歌のもとで。」という言葉がこの点を示唆しているのではないだろうか。

5. 自然と美

　アルヴィドソンは、自然の営みと神の摂理を結びつけ、そこに無窮の美を見い出そうとする。それは人間の魂が求めてやまない最高の理想である。このような自然観と美意識が表現された彼の詩作品を以下に中略して紹介する。

「鏡」"Spegela"
かつてあの静かな海岸に行ったことがある、
そこは大海に面している。
ある5月の晴れた日にそこにいた。
一人の少女、春のように美しい
水面(みなも)は鏡のように輝いている、

大きな海一面がきらめいている。
優しい眼差しが少女に注がれる。
……
静かな波の中に、
造物主の偉大さ、
永遠の鏡、
太陽を映し出す、
天空を映し出す、
そして神の全能さも映し出すのだ!
そこでは美は見ることができないだろうか?
……
美しさというものが分かるだろう
その永遠の美というものが
海からだけ生まれ出たのだ
果てしない水面(みなも)よ!

美の目的と歓喜
その光が燃えるように輝く
その眼(まなこ)から発せられた炎とともに、
波の上を割きながら
何千もの色で輝いている。

おお!若者よ、君よ、その心は
美と真実を求めている
その神聖な炎が燃えている、
君に親しげに話しかける。

> *君は永遠さの中に感じるのだから、*
> *その鏡のみを。*
> *光のきらめきを反射するように、*
> *永遠の美から放たれたのは、*
> *敬虔な心が感じるものと*
> *ファンタジーが創り出すものだ*[6]*。*

　この作品は、『ポエティスク・カレンデル』1819年号に掲載されたものである。広大な海を神聖な「鏡」に見立てており、そして海面に照りかえる色とりどりの光を「美」として称えている。そこにアルヴィドソンは、自然の中に内在する精神の展開を見ようとしていると言えるだろう。この精神の運動が目指すものは、「美と真実」である。文中に登場する「若者」（当然ながら作者アルヴィドソン自身であろう）も、この「美と真実」を切望する存在として描かれる。ここに自然精神と人間精神の一体化が図られるのである。この詩における自然の情景は、全体的に静穏な雰囲気で描写されているが、対照的に「若者」の内面は、「美と真実」に対する思いが打ち消すことのできないほど強い情熱を湛えたものとして語られている。「波の上を割きながら　何千もの色で輝いている」、「神聖な炎」という字句が、若者のそうした心模様を表現していると考えられる。

6. 自然精神　その1：地底の咆哮

　いままで紹介したアルヴィドソンの詩文は、比較的繊細で優美な色調の作品で占められていた感があるが、次に趣の異なるものを紹介したい。以下の詩は、実際に彼が溶鉱炉を訪問し

た経験をもとに創作されたもので、『ポエティスク・カレンデル』1816年号に収められている。焼けて熔けていく金属の様子、炎や煙、響き渡るハンマーの音などを地底から発せられるエネルギーにたとえて、荒々しくそして不気味な作風を醸し出している。以下中略して記す。

「溶鉱炉にて」"Vid en Smålthytta"

遥か遠いところから荒々しい音
それは野生のうなり声
つんざくような声が轟く、
大地の奥底から発せられたかのように
それは永遠に救済されないもの
不気味な嘆き；
そして抑圧された者のため息の中に
その永遠の苦痛、
苦悩する真夜中に、
あらん限りの力で叫ぶ。
……
灼熱の溶鉱炉の中で
永遠の火が燃えている、
石がのろのろと動いていく
あらがうことのできぬ力。
力ずくで猛々しい
それを道具で持ち上げる、
それを真っ逆さまに落とす
塊からハンマーで鍛えるのだ

第四章 ファンタジーと自然の交錯：アルヴィドソンの詩文表現

……
永遠の流れの中に
火が浮かんでいる、
炎を上げそして溶けていく
その硬い物体、
古来から不動だ。
硫黄と蒸気の中で精霊が昇っていく
大地の内部に、
そこに力が湛えられている、
そこから力を得ているのだ
深く暗い仕事場。

そしてその力が活動している
大地のふところで。
しかしその力がなくなってしまえば、
流れは衰え、
そして火は消えてしまうだろう、
かくて身の毛のよだつような精霊たちは
もはや蠢くことはない
暗闇が訪れる
自然界の心臓に：
すると大地は冷え切ってしまう、
そして古来の物体もそうなってしまうだろう
……
地上にある美しい自然、
それは神のふところから生まれ出たもの

詩人アルヴィドソン序説

> *世界の力が失われてしまえば、*
> *再び沈んでいく*
> *世界が死に至れば、暗闇になる、*
> *凝固し、無に帰するのだ*[7]。

　この詩の主題は、「大地」の「力」であろう。地底にある「力」が、地上の世界や生きとし生けるものにとっての「エネルギー」として描かれている。それは、フィンランド人研究者カストレーンが言うように、創造主の秘密の力なのである[8]。言い換えればこれは自然に内在する精神であり、神の摂理の現出として見ることができる。ただこの詩における「力」は、超越的な存在というよりも、どこか人間臭さを漂わせている。つまり文中における「力」は擬人的に描かれており、人間のように時に苦悩し、そして慟哭するのであり、また頑健な体躯のように強大なエネルギーを内に溜めているが、それがやがて枯渇し死すべき運命の存在として表されている。

　カストレーンは、この詩に関して社会的思想が隠されていると指摘しているが[9]、その内容については詳述していない。筆者なりに推論すれば、地底の「力」とは、抑圧された憐れむべき民衆であり、彼らは社会を下から支える原動力である、彼らの苦役によって社会が築かれ、栄えていく、しかし彼らがその営みを止めれば、社会も衰えしぼんでいく、というものである。こうした解釈をさらに進めれば、この地底の「力」とは、ロシア帝政下におけるフィンランド人被支として見ることができるかもしれない。この解釈を裏付けるものは、最初の段落の字句「それは永遠に救済されないもの」「抑圧された者のため息」「そ

の永遠の苦痛」などである。作者アルヴィドソンは、これらの言葉の中に、抑圧された下層民あるいはロシアに支配されたフィンランド民族に対する思いを込めたのではないだろうか。つまりこの詩は、そうした人々に対して捧げられた讃歌であり、哀歌でもあるのかもしれない。

7. 自然精神　その２：山と森の生活

　第三章第一節において、古代ゲルマン人の一部であったとされる古代イェート人の感性や精神、そしてその自然や生活についてアルヴィドソンの所説を紹介した。それをここで簡単に確認しておこう。彼らの感性・精神とは「信仰と誠実さ、理想を求めてやまない心、静かな悲しさ、内に秘めた情熱、勇敢さ」などというものであり、彼らの自然と生活とは、「山々や鬱蒼と茂る太古の森の中で祖先の代から連綿と生を営んできた、それらに宿る精霊や祖先の魂に限りない畏敬の念を寄せてきた」というものである。以下に部分訳出する「自然の響き」という詩には、古代ゲルマン人的（古代イェート人的）感性と精神、そして古代ゲルマン人的（古代イェート人的）自然と生活に関するアルヴィドソンの思いが描きこまれている。

　　　　　「自然の響き」"Naturtonerna"
　一人の若者が山のあいだをゆっくり彷徨している、
　　彼は暗い山間に、ぼんやりとかすんで見える道を行く、
　　彼は運命の宣告を嘆いて静かなため息をつく、
　　ただ運命だけに隠されたものがある。
　若者の頬は青白く、その瞳は沈んでいる、

彼は大地の奥深いところ、空の高いところを探している。

山の洞穴から、木のてっぺんから
彼は静かに聞いている、たくさんの不思議な音を。
碧玉の草花の音、それは山の中で芽吹いている、
金や銀をまとったようなバラの音、
大地の内奥の音、一面の凍えた草花、
そしてほのかに明るい永遠の夜の音。
……
さすらいながら、その低い音に静かに耳をすませる、
その声の中に過ぎ去った昔の音がよみがえる、
彼は神の玉座からのメッセージを聞こうとする
ささやくようなうつろな声に対して、
彼は信じる、
失われてしまったものが神の聖なる手から渡されるであろうことを、
さあ遠い彼方の地からもたらされる話を聞こう。

"ああ　太古の者よ、君はなんと素晴らしい巨人なのだろう？
大地の奥底にあるものを見るために、誰が君に力を与えたのだろう？
偉大なる大地と天はいつ君の力を満たしたのだろう、
君はそれらの中の荘厳さをいつ探し当てたのだろう？
神々の大木の物語、
君はかつてその枝になっていた実だったのではないか？

第四章 ファンタジーと自然の交錯：アルヴィドソンの詩文表現

君は神々の一族とその気質すべてを知っているのだろう。"

それで彼はたずねる
太古の昔からの松の大木のことをおっしゃっているのですかと、
熱いため息が空気を通して伝わる、
暗闇のふところの中で風のうなり声が響く、
だから若者の心には恐ろしさが襲う。
苔むした一本の松の木、大地と天を貫いている
陰気な音で答えを求めている。
……10)

　この詩においても彷徨する「若者」が登場している。アルヴィドソンはこの「若者」について、永遠の美、絶対の真実の探究者としての役回りを演じさせている。「若者」は、神の秘密を求めて山々のあいだを、草原を、森の中を、あるいは岸辺を跋渉するのである。美と神聖さを限りなく追い求めるアルヴィドソンの理想主義が、この「若者」の姿の中に象徴的に示されている。そしてこの「若者」の描写「若者の頬は青白く、…空の高いところを探している」は、悲しさや辛さを内に秘めながら「真理」をひたすら手に入れようと願う古代ゲルマン人的（古代イェート人的）感性を表現していると言える。第二段落以降は、自然の幻想的で神秘的な情景が描かれている。可愛らしげで華やかな草花たち、それらが発する音楽のような音、静寂で神々しさを感じさせる夜の音などの情景は、まさに自然とファンタジーの交錯と言っていいだろう。最後の段落に出てくる「太

古の昔からの松の大木」については、その頂に精霊や祖先の魂が宿る神聖なものとして、他の詩でも描かれている（後述）。

8. ノルド（北欧）の自然と感性

アルヴィドソンの詩文では、極北のノルドの自然とそこに生きる人間は対立しあう存在として捉えられている。しかし人間はこの対立を運命として受け入れ、耐えて生き抜くこと、言い換えれば「対立」を辛抱強く克服していくことに、幸福や歓喜そして神の祝福を見い出そうとする。このようにノルドの過酷な自然とそこに住む人たちの静かな情熱を謳い上げようとする表現は、彼の文学における特徴の一つであり、言わば「北欧讃歌」とも言うべきものである。

例えば前出の詩「自然の響き」において紹介し切れなかった部分の中でアルヴィドソンは、南欧の激しい心を「荒々しい炎」、その温暖な気候を「南国のバラ」と表現し、それらをノルドと対比させて、ノルドの自然の厳しさや静的な感性を際立たせようと試みている[11]。このようなノルドの自然と感性を取り上げたもう一つの詩として、以下に『ポエティスク・カレンデル』1818年号に掲載された「ノルドの山」("Nordanfjäll") を紹介したい。彼の他の作品と同じように、山や森、金髪の乙女などに関する描写は、古代ゲルマン人的（古代イェート人的）感性と生活を象徴するものである。

「ノルドの山」"Nordanfjäll"
ノルドの地に力強く、そして誇らしく聳え立つ一つの山；
その頂を空に向かって突き上げている、

風は岩板から岩板へと遊ぶ、
唸るような激しい音が響き渡る。
それは険しい絶壁の岩肌の周りを飛び交っている、
その音は苔むした断崖の周りをめぐっている。

ノルドの地には哀歌とともに喜びの歌がある、
それは喜びと苦痛が溶け合っているからだ、
ノルドの自然は寒く、そして旅は長い、
彼の心の中の喜びは固まったままだ。
彼の物悲しい歌は時を薄暗いものに変えてしまう、
自然と人間の力はせめぎ合う。

山の空高く、絶壁のその最も上のところに
誇らしく一つの玉座が聳え立っている、
従順さをはねつけるような絶壁
王冠を頭にいただいた人が会釈をしている、
そこに聳え立つのは鉄の玉座
なんと巨大なことか
それは誰も抗うことのできぬ力を物語っている。

玉座に座っているのは金髪の乙女、
風がゆっくりと吹いてゆく、
乙女の頬は青白く、
まるで春が過ぎ去ってしまったかのようだ
その心は悲しみを抱きつつ
喜びと苦しみを共に表すような表情

それはノルドの地のメランコリーを映したものだ。
……
かの地で戦って暮らしている
人間の魂、
そして絶えることのない過酷な戦い、
この戦いの心には花と享楽が共にあるだけではない、
静かなうちに幸福と歓喜も生まれるのだ。
……
永遠に、しかし悲しみを抱いて
緑のドレスをまとっている
ノルドの強大な森、
それは悲しさをまとった
婚礼の衣装、
花嫁は寒々とした自然、
それは過酷であり、凍りつくようだ
ノルドの風
それはこごえて氷のように冷たい花婿だ。
……
いてついたノルドの大地、
そしてノルドの人たちの精神
燃え上がる憧憬とともに
この大地と精神、両方の中に
炎が見える。
だけどいかに不運であることか、
ノルドの人たちの暮らしというものが、
それは静穏な喜びとメランコリー！

第四章 ファンタジーと自然の交錯：アルヴィドソンの詩文表現

それこそ神聖さと人間を結びつけるのだ。
……[12]

　この詩の中では、ノルドの人々の過酷な自然に対する戦いが、苦しく物悲しいものであり、忍耐が要求されるものとして描かれている。しかし同時にその戦いには、「哀歌」とともに「喜びの歌」も伴うものとして肯定的に述べられている。ここに、繊細さと頑強さが同居し、禁欲の果てに得られる歓喜を尊ぶ古代ゲルマン人的（古代イェート人的）感性と精神が見られるのである。作者アルヴィドソンは、ノルドの人間と自然を必ずしも二元論的に対立する存在として捉えているわけではない。彼は、ノルドの人間と自然の関係は、両者の対立から一方による征服へと帰着するのではなく、やがて神に祝福されて両者が調和へと昇華していく運命として捉えているのではないだろうか。「幸福」と「歓喜」という文言が、このことを示唆しているように思われる。

　最後の段落の文言「この大地と精神… それこそ神聖さと人間を結びつけるのだ」は、ノルドの自然と人間の秘めた情熱について語るものであると同時に、ノルドの大地で生きていかざるをえない人々の過酷な宿命を悲観するのではなく、その前途が神によって祝福されたものとして楽観的に捉えようとしている。この点に関連するのは、三番目の段落で出てくる山頂の絶壁にある「玉座」と四番目の段落に登場する「金髪の乙女」に関する表現である。これらは、天空にいちばん近いところからノルドの人々と自然の営みを見守り続けている大いなる精神の象徴として描かれているのである。

9. フィンランド民族の精神　その1：聖なる使命

　すでに述べたようにアルヴィドソンは、フィンランド語を紐帯とするフィンランド民族の一体性を主張するとともに、宗教的理想主義に立脚した人間観や世界観から発した民族精神の発展を説いた。以下に彼のナショナリズムが表現された詩を2編ほど紹介したい。両方ともロシアに支配されたフィンランド民族の置かれた境遇に悲憤慷慨しつつも、決して諦観することなく、その行く末に希望を見ようとしているのが印象的である。最初の作品は、『オーボ・モロンブラド』第9号（1821年3月3日付）に掲載されたものである。

　　　　　　　　　「歌」"Sång"
まだなお時代の暗い波の上を
新しい世紀の精神が渡っていく。
その声は嵐のようだ、その眼差しは炎のようだ、
そしてそれはしっかりと立っている、まるで岩のように。
しかしフィンランド人の祖国がそれに向かって
悲しみを抱きつつ見上げている、
縄で縛られて弱ってしまったけれども
若々しい花のつぼみに囲まれている。

しかしまもなくアウラ（Aura）の不羈奔放な息子たちに対して
その瞳が永遠の輝きを放って微笑みかけるだろう、
そして敬虔な心を持って祈りを捧げる人たちにも微笑みかけるだろう

> *希望の花の冠には思い出のバラが咲いている。*
> *人生において素晴らしいこととは名誉などではない*
> *黒ずんだ記念碑の上に花が散りばめられているだろう？*
> *青年が胸に抱く憧れは高鳴っている*
> *その名が轟く聖なる神殿の庭に向かって*[13]*。*

　文中の「縄」とはロシアによる支配の比喩であろう。しかしこの縄に「縛られて弱ってしまった」フィンランドの行く末は、「花のつぼみ」に囲まれることで、むしろ「新しい世紀の精神」すなわち神に祝福されるかのように楽観的に描かれている。「アウラの不羈奔放な息子たち」とはトゥルクの自由闊達な青年のことであり、もちろん作者アルヴィドソン自身をも指すものと思われる（「アウラ」とは、トゥルクの中心を流れる「アウラ川」を指すのであろう）。この詩からはアルヴィドソンが、「アウラの不羈奔放な息子たち」とともに自分こそがフィンランドをロシアの桎梏から解き放ち、新しい時代を切り開く主人公であると自負していることがうかがえる。「青年が胸に抱く憧れは高鳴っている」という文言は、「祖国」と民族のために身を捧げるという「聖なる使命」に対する憧れと陶酔感を意味しているのではないかと思われる。

10. フィンランド民族の精神
その2：「柔な奴らを力ずくで押しつぶせ」

　アルヴィドソンのナショナリズム思想における政治的な特徴は、ロシアをフィンランドから排斥すべきであるという主張である。このような反ロシア支配の姿勢が、色濃く表現された

詩を以下に紹介したい。フィンランド人研究者ダニエルソン＝カルマリによれば、この作品は1819年9月15日に執筆され、アルヴィドソンの詩集『鷲の森から来た少年の青春時代の白霜』(*Ungdomsrimfrost af Sonen ur Örnskog*, 1832) に収められている。表題は、上記作品と同じ「歌」("Sång") である。なおダニエルソン＝カルマリの著作『民族的・国家的独立に至る道Ⅰ』（前掲書）にこの詩のスウェーデン語原文が転載されており、筆者はこれを訳出した。

「歌」"Sång"

勇敢なる祖国の人たちよ！　先祖たちが励ましている
彼らの墓場から、黎明の世代が生まれ出る、
彼らは、子孫たちを不安げに見守っている―
嵐が去って、風は和らいだ、
魂が目覚めさせられる、影が浮かんでいる
影はわれわれの視界から遠ざかっていった、そして時代が求めている
力強い胸、恐れはしないし、震えもしない
危険に直面してたじろぎそうになる。
しかしもし運命のいけにえの輪が
われわれ自身にかぶさってくるならば、
われわれは真実と信仰に身を委ねるだろう、
星の光の輪、強い輝きが
先祖と交流するようにとわれわれに合図を送っている、
彼らは力強き人たちだ。
蒼穹の端に、

炎が明るく光っている
名誉と若さにあふれた希望が目指す目標を示しているのだ、
その炎が放つ光線が揺らめいている
無謀な憧れだろうか、流れ星と添い遂げることを求めるのは。

山の息子たちよ、パンを忘れるな
険しい岩肌、転んでしまうぞ！　瘤ができて血が流れそうだ
南方から友情の激しく燃える火
北方の人たちが持つ勇気に火をつけた！―
見知らぬ国がすでに押し入っている、
奴隷のように足かせでつながれている、
その征服を打ち破って、歓喜の雄叫びを上げるのだ、
柔な奴らを力ずくで押しつぶせ。
薄暗い古い森がヒューヒューと音を鳴らしている。
天高く聳え立つ松の木の上には神々が住んでいるのだ、
頂から嵐の轟く音が鳴り響いている
惰眠をむさぼっている私たちを目覚めさせようとするために。
北方の灰色の山から
小人が静かにささやく
目覚めた私たちの心に向かって、
それはこう聞こえる：
まだオーロラの光が輝いている
われわれは名誉と自由へと至る途上にいるのだ！

アウラ（Aura）万歳、その息子たちよ万歳、
勇敢なる祖国の人たちよ
君たちは分かっていた、時代は移り変わっていくことを！
鉄のように硬い意志を持つことで
頂上へとたどりつくことに成功するのだ、
かすかな光が揺らめいている
未来の一つの希望となって。
太陽が自明の如く地球の周りを照らして輝いているように、
北方の地で見張りがしっかりと警戒している；
そこにいるのは男らしく力強い一人の若者、
曲がりくねった川の流れに対して力の限り戦っている、
彼の瞳からは燃え上がる炎、
その時彼は自分の力を試そうとするだろう
地響きが立つような戦いの中で、
彼が探し求めているのは
新しく目覚めた世界、
来るべき世界はまだ暗闇に包まれている
だけど彼にははっきりと見えるのだ。

心の中の憧憬に灯りがともされた、
振り返って天を仰ぎ見ている、
彼は郷土と信仰の神秘を探しているのだ、
そして答えは雲に隠れて光っている
その答えは天上の国に住む人々のもとにあるのだ！[14]

第四章 ファンタジーと自然の交錯：アルヴィドソンの詩文表現

　この二つの「歌」という詩においては、それぞれ「ロシア」という言葉は使われていない。ロシア支配下のフィンランドにおいて、あからさまなロシア批判はタブーであったことは言うまでもない。しかしながら特にこの詩では、全編にわたってアルヴィドソンの強烈な反ロシアの姿勢とフィンランド人の精神を鼓舞しようとする意識が溢れ出ていることが容易に分かるのである。この詩の真骨頂は、第二段落の「見知らぬ国が　…柔な奴らを力ずくで押しつぶせ」という文言である。ロシア支配の打倒のために、フィンランド人の蜂起を扇動するがごときこの言葉は、フィンランド人研究者クローンによれば、1819年頃に首都トゥルクの街路や大学において、「愛国主義的スローガン」として高唱されたという[15]。彼が、当局から政治的に「好ましからざる人物」として目を付けられることになるのも、無理のないことであったと言えよう。

　この詩の最初の段落では、祖先の力強さを称え、そして真実と信仰へ殉じる決意が語られる。祖先との交流を促す星の瞬きが印象的である。第二段落では上述の反ロシア意識を高揚させる表現が柱となり、松の大木の頂に住む神や山の小人たちが「われわれ」を励ます様子が幻想的かつ神秘的に描写されている。こうした表現は古代ゲルマン人的（古代イェート人的）感性・生活と関係するものであることはすでに述べた通りである（第三章第一節）。この第二段落における「南方から友情の激しく燃える火」とは、ナポレオン体制崩壊後のイタリアなどにおける動乱を指すものであろう。したがってアルヴィドソンは、フィンランドもこうした南欧の動きに呼応して、「名誉と自由」を目指して蜂起すべきだと訴えているのである。第三段落にお

139

ける象徴的な文言は、「北方の地で見張りがしっかりと警戒している」である。これは、ロシアという異質の文明社会に面して、西欧社会の最前線で防備の任についているのはフィンランドである、ということを意味する言葉であろう。ともあれロシアの桎梏から、フィンランドが解き放たれることを願うアルヴィドソンのナショナリズム精神は、「オーロラの光」、「天上の国」という表現とともに美化され、神聖なものへと昇華されるのである。

終　章

　いままで本書では、アルヴィドソンの思想の特徴について彼の詩文や言説を手がかりに考察を進めてきた。特に詩文に関わる彼の思想に焦点を当ててきたが、彼の詩文は「美と神聖さ」を基調とする人間観と世界観に拠って立つものであったことを明らかにした。本書の最後にあたって、彼の作品がいかなる評価を受けていたのかということと、「英雄詩人」への歩みを彼が自ら断念した理由について記しておきたい。

1. アルヴィドソンの詩文に関する評価

　フィンランド人研究者ミクヴィッツ (Joachim Mickwitz) は、詩人アルヴィドソンについて、具体的かつ簡潔に次のように評する。すなわちアルヴィドソンの詩は、「スウェーデン詩人のヴァイキングロマン主義のコピー」に過ぎず、「自立性に乏しい」ということである。スウェーデンロマン主義のハマルスコルドが、「独自の道」を見つけるようにフィンランドのロマン主義者たちに勧奨した理由は、まさにこの「自立性」の欠如ということであったとミクヴィッツは指摘する[1]。このミクヴィッツの説は、「詩人アルヴィドソン」に対する評価を代表していると言えるだろう。つまり詩人としてのアルヴィドソンは、彼が活動していた19世紀初期当時から現代に至るまで、こうした評価の域にとどまるものであったのであり、フォスフォリズムやイェート主義などスウェーデンロマン主義文学の「単なる模倣者、亜流」と見られていたのであった。アルヴィドソンと共

にトゥルクロマン派の代表的詩人とされたショーストロム(第一章第四節)などは、アルヴィドソンの作品はもっぱらスウェーデンの文学雑誌に影響を受けたものにすぎないのであり、もはや作品を「全く執筆しないほうがよい」とまで辛辣な批判をしている[2]。

　フィンランド人研究者クローンによれば、アルヴィドソンも含めてトゥルクロマン派の文学作品は、総体的に高い評価を受けていない。その中でもアルヴィドソンの詩は秀でたものとされているが、芸術性がそれほど高いとは言えず、単に文学史上の意義があるにすぎない、とクローンは指摘している[3]。フィンランド人研究者カストレーンは、アルヴィドソンの詩文は同時代のスウェーデンロマン主義者の作品と比較しても平均的レベルにすぎないと評している。しかしカストレーンは、アルヴィドソンが自己のナショナリズムを表現した作品を世に問うなど、時代状況に応じて関心のあるテーマを作品にしていることに留意している[4]。この点は、詩人アルヴィドソンの独自性をなすものとして評価されるべきである。前章で紹介した二つの「歌」という詩のうちで、特に民族精神が横溢している二番目の作品などは秀逸と言えよう。

　確かにアルヴィドソンの詩文は、現代の斯界において評価されていない。詩人としての彼の功績は、後進(ヘルシンキロマン派、第一章第一節)に道を開いたことにとどまるのかもしれない。しかしながら少なくとも彼の作品は、フィンランドロマン主義文学の揺籃期の一角を占めるものであったことは間違いない。ともあれフィンランドの歴史においてアルヴィドソンは、詩人というよりはナショナリストとして強く刻印され続けてい

る。それは、いま述べた通り彼の作品が文学的に大きな評価を受けてこなかったからでもあるが、彼が「英雄詩人」の志を貫徹できなかったことも関係していると考えられる。

2. 詩人アルヴィドソンの挫折と転進

　アルヴィドソンは、1814年頃からフィンランドやスウェーデンの文芸誌などに積極的に自己の詩文を発表するようになったが、それから5年も経たないうちに詩作活動に見切りをつけるようになる。

　そもそも彼は、詩人にとって必要な才能は創造的なイマジネーションであり、それは神の聖なる意志の啓示であると考えていた。つまり詩は、永遠普遍の美を表す至高の芸術であり、詩人は聖なる意志の仲介者としてその美を表象する、ということである[5]。アルヴィドソンが詩作活動から離れざるをえなかった理由の最たるものは、この「イマジネーション」が次第に湧かなくなっていたからであった。彼は、1818年から1819年にかけてスウェーデンのウプサラに留学したのであったが、彼自身の言葉によれば、この留学によって「民族や国家に対する私の目は開かれた」のであった。他方で彼は、この時期の詩作活動は活発であったけれども、詩作のイマジネーションや情熱も冷めていったと述べている[6]。

　アルヴィドソンが詩の創作に従前ほどの熱意を持てなくなった理由は、単に詩作のイマジネーションが喪失していったからだけではないだろう。彼の回想記によれば、1810年代末期の頃の彼は煩悶としていた。その原因は、自分の詩文作品が内外から批判を受けていたこと、その政治色・民族色の強い言説

ゆえに当局から圧力を被っていたこと、そしてスウェーデンに倣ってフィンランドでも「文学の改革を目指す」という彼の理想が「アウラ協会」(第一章第三節)の仲間たちに受け入れられなかったこと、などであったと考えられる[7]。これらの出来事は、多かれ少なかれアルヴィドソンの創作意欲に影響を及ぼしたことだろう。彼は 1820 年のある頃の心情として、「憂鬱なものに変わっていった…私の魂は何かと激しく闘っていた。強く激しい不安が私の心の中で燃えていた」[8]と述懐している。ともかくこの時期のアルヴィドソンの内面には、彼自身を根底から揺さぶるような何かの葛藤があったことは確かである。ただ少なくとも言えることは、詩人として「主柱」になるべきものが自己の中には決定的に欠けている、と彼は悟ってしまったのである。

　フィンランド人研究者カストレーンによれば、アルヴィドソンが旺盛な創作意欲を持っていたとされる 1815 年に、「……私の筆は本当にゆっくりとしか進まない。……ああ、なぜ私に美を感じる能力が与えられないのか。なぜ永遠の啓示についてのさらなる神聖な想像力を得る能力が与えられないのか」という書簡を友人に送っていた[9]。彼は内外からフィンランドのロマン主義文学の牽引役として嘱望されており、また彼自身も大いに期するところがあったであろう。しかしながらすでにその頃、つまり詩人としての草創期に、彼は自己の詩人としての才能に限界を感じていたのである。

　おそらく 1819 年前後の時期にアルヴィドソンは、「英雄詩人」への道を断念したように思われる。彼の回想記には、「芸術の高貴な太陽は通り過ぎてしまった」[10]という象徴的な文言でそ

の頃の寂寥感漂う心情が吐露されている。1820 年代に入って彼は、依然としてその詩文作品をスウェーデンの『ポエティスク・カレンデル』や自分が発刊している『オーボ・モロンブラド』などの文芸・評論誌に発表し続けていた。しかしながら前出カストレーンによれば、その作風に新しさは見られなかった[11]。つまりそれらは、彼がかつて抱いていた情熱の残り火にすぎなかったわけである。そして 1823 年にスウェーデンに居を移してからは、彼はその詩作活動をほぼ閉じてしまうのである。要するに 1810 年代末期に「詩人アルヴィドソン」は、実質的に終わっていたのであった。神の啓示は、もはや彼の前に現れなかったのである。彼は次のように述べている。「私が達成したいと思っていた目標は、自分の力で十分にできると考えていた。しかし達成できなかったのである。天才的な永遠の英雄たちは、私を彼らの世界へ連れて行くために手を差し伸べてくれなかった。……不運な私は黙って立ちつくしていた。前方に照らされて光っていた私の理想は、雲の中に消えてしまった。涙が流れた。これらのことすべてが私を悩ませ、私の心から志を失わせたのである」[12]。

アルヴィドソンは、詩作活動が冷え込んでいくのとは対照的に、幼少の頃思い抱いていた戦争への関心や軍人の名誉についての願望が大きくなり、それとともに「我が祖国」が第一義的な関心事となったと述べている[13]。かくして彼は、その執筆活動の軸足を詩文の領域から政治や民族問題の評論へと移していくのである。

アルヴィドソンは、政治的には'漸進的改革'を支持する保守主義者であり、立憲君主制を擁護していたことは既に述べた

通りである(第二章第二節)。ここで彼の民主主義に関わる見解について解明されるべきであるが、それは本書の所期の目的を超えており、稿をあらたにしたいと思う。ただその手がかりになる彼の思いは、「郷土とその人たちが苦しんでいるのではないかと少し心配していた。一方で自分の繁栄しか求めず、年金や勲章、そして名誉しか愛していない人々」[14]という文言に表されている。この言葉からわれわれは、彼が、特権階層を打破して、被支配層のフィンランド人による独立国家を打ち立てることを思い描いていたのではないかということを推し測れるのである。

文献紹介

　アルヴィドソンは多くの著作を著しており、それらは『フィンランド国民文学Ⅶ』(toimi. Setälä,E.N., Tarkiainen,V., Laurilla,Vihtori, *Suomen Kansalliskirjallisuus Ⅶ*, OTAVA, 1931.) のアルヴィドソンの略歴の説明 (ss.5-9) の中で紹介されている。以下では、彼の詩文作品や文学論に関わる一次資料を中心に文献の状況を説明したい。彼も含めて19世紀初期のフィンランド人知識層はスウェーデン人系が多かったため、当然ながら一次資料はスウェーデン語文献が多く残されている。

　それではスウェーデン語文献から紹介する。まずアルヴィドソンの詩文作品に関する文献であるが、代表的なものとして、詩集『鷲の森から来た少年の青春時代の白霜』(*Ungdomsrimfrost af Sonen ur Örnskog*) をあげなければならないだろう。この詩集は1832年に発表された。この時すでにスウェーデンに移住していたアルヴィドソンが、主にフィンランド時代に執筆し、『ポエティスク・カレンデル』（下記参照）などに投稿した作品を改めて編纂し、友人など親しい人びとに配布したのがこの詩集であった。その中の作品はそれぞれすでに発表済みのものであるから、この詩集そのものの価値は大きいとは言えないが、少なくとも'詩人アルヴィドソン'を歴史に刻み付けるものとして、象徴的意味は持っていると言えるだろう。なお収められている作品は詩29編、散文2編であり、発行部数は25部とされている[※]。筆者は遺憾ながらこの詩集を入手していないが、主な作品は『ポエティスク・カレンデル』

を通じて、あるいはフィンランド人研究者ダニエルソン＝カルマリの『民族的・国家的独立に至る道Ⅰ』(Danielson-Kalmari,J. R.,*Tien Varrelta Kansalliseen ja Valtiolliseen Itsenäisyyteen Ⅰ*, WSOY, 1928) などのアルヴィドソン関係の研究書に転載されているスウェーデン語原文またはフィンランド語訳を読むことができる。

※ trans.Nuormaa,Severi ja Rein, Edv. *Adolf Ivar Arwidssonin Tutkimuksia ja Kirjoitelmia,*SKS, 1909, ss.CXIV-CXV.

ところでアルヴィドソンの回想記によれば、彼は 1813 年 11 月に詩の創作を本格的に始めるようになり、翌 1814 年には『オーボ・ティドニング』(*Åbo Tidning*、トゥルク新聞) へ詩や評論などを積極的に投稿するようになった※。1810 年代中頃から後半にかけては、彼が精力的に詩作活動を行った時期である。1815 年になると彼の詩は、スウェーデンロマン主義運動の旗手アッテルボムらが主催する文芸誌『ポエティスク・カレンデル』(*Poetisk Kalender*、http://litteraturbanken.se) にも掲載されたのであった。同誌は 1812 年から 1822 年にかけて発行された。同誌には当時のスウェーデンロマン主義運動の著名な詩人たちが寄稿しており、アルヴィドソンの作品も 1815 年から 1820 年にかけて 9 編が掲載されている。

※ toimi. Setälä,E.N., Tarkiainen,V., Laurilla,Vihtori, "Elämänvaiheeni(Arwidsson, Adolf Iwar, trans.Rein, Edv.)",*Suomen Kansalliskirjallisuus Ⅶ*, OTAVA, 1931, ss.34-36.

当時新進気鋭のスウェーデンロマン派詩人の作品に連なっ

てアルヴィドソンの詩が出版されたということは、フィンランド・スウェーデン両国の文壇に彼の名を知らしめることにつながったであろう。それらのアルヴィドソンの作品に対する評価は、すべてが必ずしも高いものではなかったけれども、いずれにせよ彼は、フィンランドの若手詩人として注目される存在になったのである。『ポエティスク・カレンデル』に掲載された彼の詩は、その人間観や世界観を象徴的に示しており、原資料として極めて有益である。なお彼は同誌において、―w―あるいは― der ―というペンネームを使っている（他には e.a.g. というペンネームも用いている）。本書では同誌に掲載された彼の作品のいくつかを取り上げている。

　アルヴィドソンの詩文は、彼自身が発行した文芸・評論誌『オーボ・モロンブラド』（Åbo Morgonblad, トゥルク・モーニングペーパー、http://digikansalliskirjasto.fi) にも収められている。同誌は、アルヴィドソンが主にフィンランド人知識層向けにフィンランド民族の独自性を啓発する目的で編集を行い、1821 年 1 月から 10 月にかけて 40 号まで刊行された。その内容はナショナリズムや政治的な性格が強いものであり、収められている論説は民族や言語の神聖さを高唱するもの、言論や出版の自由を訴えるものなどが散見される。また文学や芸術に関する論説もあり、さらに詩文作品や神話を下敷きにしたと思われる叙情的な短編の物語なども数編掲載されている。本書では、そのいくつかを取り上げてアルヴィドソンの思想を考察するための手がかりとしている。

　次に詩や文学に関するアルヴィドソンの論文について、筆者が参考にしたものをいくつか紹介する。彼が詩や詩人の意義に

ついて論じた代表的な著作としては、「詩における道徳の適用」("Moralen använd i Poësie")をあげておきたい。この論文は、『オーボ・モロンブラド』第39号（1821年9月22日付）に掲載されており、彼の芸術観や人間観などが示されている。例えば彼は、詩という表現手法を永遠で真実の美を描き出す至高の芸術として捉えた上で、それを規定するものとして神の絶対性を強調している。アルヴィドソンの文学思想の特徴を把握するにあたっては、この論文に拠るところが大きいと言えるだろう。

さらに文学に関するアルヴィドソンの論文として、「スウェーデン文学における最近の革命についての概観」("Öfversigt av de sednaste revolutionerna i Svenska Vitterheten",1819) と「フィンランド語の詩、フィンランド語とD.H.R.フォン・シュレーテルによるドイツ語訳」("Finnisch Runen,Finnische und Deutch von D.H.R.von Schröter",1820) をあげておく。これらの論文は、トゥルクロマン派の一人であるリンセーン(第一章第二節)が主催した文芸・評論誌『ムネモシュネ』(*Mnemosyne*,1819〜1823, http://digikansalliskirjasto.fi)に、それぞれ複数回にわたって発表された。

特に前者「スウェーデン文学における最近の革命についての概観」では、アルヴィドソンが、1800年代初期のスウェーデン文学界における新しい潮流の出現とその意義を解説している。彼によれば、スウェーデンの「新しい潮流」すなわちロマン主義は、それまで軽視されていた個人の内面性を重視し、宗教や信仰に基づく文学の価値を認めようとするものであった。さらにそれは、祖国の歴史や民族の祖先の勇猛さ、偉大さを賛美しようとするナショナリズムに根差すものでもあった。

彼の民族観については、『オーボ・モロンブラド』や『ムネモシュネ』においてその主張が展開されている。その内容については、第一章においておおよそ紹介したのでここでは説明を控えるが、主な論文としては下記の通りである。

- 「フィンランド人の国民性について」("Om Finsk Nationalitet")『ムネモシュネ』第60号、1819年6月28日付
- 「民衆へ告ぐ」("Till Allmånheten")『オーボ・モロンブラド』第1号、1821年1月5日付
- 「我が祖国についての展望」("En blick på vårt Fosterland")『オーボ・モロンブラド』第2号、1821年1月13日付
- 「国民性と国民精神について」("Om Nationalitét och National Anda")『オーボ・モロンブラド』第7号、1821年2月17日付および第11号、1821年3月17日付
- 「フィンランド人の言語、国民の言語としての見方」("Finska Språket, betraktadt såsom Nationalspråk")『オーボ・モロンブラド』第12号、1821年3月24日付

次にフィンランド語文献について説明する。既述の通りアルヴィドソンは、主にスウェーデン語で執筆活動を行っていたため、筆者の知る限りでは、フィンランド語による彼の著作は翻訳されたものである。例えば前掲書『フィンランド国民文学Ⅶ』や『アドルフ・イヴァル・アルヴィドソン：研究と書簡』(trans. Nuormaa,Severi ja Rein, Edv. *Adolf Ivar Arwidssonin Tutkimuksia ja Kirjoitelmia,*SKS, 1909) には、彼の詩や論文のフィンランド語訳が収められている。また後者には、彼の博士論文『中世におけるロマン主義的な特徴に関する歴史的研究』("Historiallinen

Esitys Keskiajan Romantiikan Luonteesta", 16 p. Huhtikuuta 1817、原文はラテン語 "Ingenii romantici, aevo medio orti, expositionhistorica"）が訳載されており、彼の思想的起点を探るにあたって参考になる。この論文の中でアルヴィドソンは、スウェーデン人は古代ゲルマン民族の一部をなす古代イェート人を祖としており、その文化、信仰、精神、感性などを受け継いでいると述べている。本書では、「スウェーデン人－古代ゲルマン民族説」について検証する余裕はないが、この「民族的親近性」というものが、スウェーデンロマン主義運動やトゥルクロマン主義運動をして、ドイツを発祥とする歴史観や思想を鋳型にさせた要因の一つになっていると推断してもいいのではないかと思われる。

　アルヴィドソンの内面の動きや交友関係、そして思想の形成過程を探るうえでも欠かせない文献としては彼の回想記がある。スウェーデン語の原文は入手できなかったため、やむをえずフィンランド人研究者レイン（Edv. Rein）が訳出したフィンランド語版を参考にした。それは、前掲書『アドルフ・イヴァル・アルヴィドソン：研究と書簡』および『フィンランド国民文学Ⅶ』に、それぞれ「私の履歴」("Elämänvaiheeni") という表題で収められている。同じ訳者であるためそれぞれ内容や表記も基本的に同じであるが、後者は部分的に省略されている箇所が見受けられる。本書では主にこの後者の版を参考にした。

　以上は、筆者が参考にしたアルヴィドソン自身による文献である。次に研究者による文献に目を移してみると、アルヴィドソンの文学に関する詳細で体系的な解説は見られないようである。彼については、その詩文作品よりもやはり民族論や政治

論のほうが注目されてきたのであり、したがって管見の限りでは、フィンランドにおいても彼の詩文あるいは文学論に限定された研究はあまりなされていないようである。フィンランド歴史全集やフィンランド文学史概説書などでは、トゥルクロマン主義運動やアルヴィドソンの文学活動についてほぼ必ず紙幅が割かれている。しかしながらアルヴィドソンについては、トゥルクロマン派に関する記述の一部として言及されている文献が多く、またそれらは概略的理解に資するにとどまっているといってよい。

　そのような研究状況の中で、アルヴィドソンの詩文作品や文学活動に関するまとまった解説をあげるとすれば、フィンランド人研究者カストレーンの著作『アドルフ・イヴァル・アルヴィドソン：若きアルヴィドソンと彼の周辺』(*Adolf Ivar Arwidsson. Nuori Arwidsson ja hänen ympäristönsä*, OTAVA, 1944)の「第6章　アルヴィドソンの詩」(Ⅵ　luku. Arwidsson runous, ss.154-178)であろう。この中でカストレーンは、アルヴィドソンの詩の特徴について時代を追って要領良く説明している。同書は、アルヴィドソンの幼年時代からスウェーデン移住に至るほぼ半生を辿ったものであるが、膨大な文献に裏付けられたその叙述はきわめて参考に値する。

　なお彼の生涯を辿った主な研究として、まずダニエルソン＝カルマリの前掲書『民族的・国家的独立に至る道Ⅰ』をあげておく。同書には、「アルヴィドソンの伝記」("A.I. Arwidssonin Elämäkerrasta")など、アルヴィドソンの生涯の軌跡に関する論考が収められており、アルヴィドソン研究の先駆け的意味を持つものである。またオラヴィ・ユンニラ(Olavi Junnila)の著作『ア

ドルフ・イヴァル・アルヴィドソン』(*Adolf Ivar Arwidsson*, Kirjayhtymä, 1979) は、アルヴィドソンの歩みを簡潔にまとめており有用である。上記カストレーンの著作も含めて、これらの研究はアルヴィドソンの活動や思想の遍歴を理解するうえで不可欠な文献である（いずれもフィンランド語）。

　次にアルヴィドソンとトゥルクロマン主義運動に関して、概略的な理解に資すると思われる研究をあげておく。同じくいずれもフィンランド語文献である。まずタルキアイネンの『フィンランド文学史』(Tarkiainen,Viljo, *Suomalaisen Kirjallisuuden Historia*, OTAVA, 1934) をあげておきたい。タルキアイネンは、アルヴィドソンをスウェーデンロマン主義運動の一つの潮流である「フォスフォリズム」(Fosforism) と「フェンノマニア」(Fennomania：フィンランド人主義）の思想の熱烈な代表者として位置づけて、主にナショナリストとしての活動の側面からアルヴィドソンについて説明している。次に『フィンランド文学Ⅲ』所収のクローン論文「トゥルクロマン主義」(Krohn,Eino, "Turun Romantiikka" ,toimi.Viljanen,Lauri,*Suomen Kirjallisuus Ⅲ* , Suomalaisen Kirjallisuuden Seura & OTAVA, 1964）であるが、クローンはトゥルクロマン主義運動の思想的背景や観念的側面などを解説している。

　トゥルクロマン主義運動の主要人物の活動について比較的詳細に紹介しているものは、ポホヨラン＝ピルホネンの執筆による『国民の歴史3』(Pohjolan-Pirhonen, Helge, *Kansakunnan Historia 3*, WSOY,1973) である。著者のポホヨラン＝ピルホネンは、トゥルクロマン派の青年詩人たちの作品などを引用しつつ、彼らの思想形成と活動の経緯を跡づけている。特にアルヴ

ィドソンに関しては、相対的に多くの紙幅が充てられている。

　思想史的側面や歴史的背景などを踏まえてトゥルクロマン主義について考察を行っている著作は、『フィンランド文化史2』所収のクリンゲ論文「政治的、文化的フィンランドの形成」(Klinge, Matti, "Polittisen ja Kulttuurisen Suomen Muodostaminen", *Suomen Kulttuuri Historia 2*, WSOY, 1980) である。この論文の中でクリンゲは、トゥルクロマン主義の思想と活動が政治的に成果を上げることができなかった理由について分析している。トゥルクロマン主義運動をフィンランドロマン主義全体の流れの中で解説した文献としては、同前書所収のヴァルカマ論文「文学」(Valkama, Leevi, "Kaunokirjaisuus" *Suomen Kulttuuri Historia 2*, WSOY, 1980) があげられる。アルヴィドソンの詩を批判的に論じている文献として、『フィンランド文学史1』所収のミクヴィッツ論文「辺境地方から中央へ」(Joachim, Mickwitz, "Syrjäseudusta Tulee Keskus", toimi. Varpio, Yrjö, *Suomen Kirjallisuus Historia 1*, Suomalaisen Kirjallisuuden Seura, 1999) をあげておく。

　以上、アルヴィドソンの詩文作品と文学論に関する一次資料を中心にして参考文献を紹介した。上記以外の一次資料については、以下に記す通りである。そのほかの文献については「注」を参照ありたい。

スウェーデン語

　Franzén, Franz, *Valda Dikter*, Ivar Hæggströms Boktryckeri, 1881.

Schybergson, M.G.,*Jakob* Tengström *Vittra Skrifter i Urval med en Lefnadsteckning*, Tidnings & Tryckeri-Aktiebolagets Tryckeri, 1899.

Phosphoros 1810. (http://litteraturbanken.se)

フィンランド語

TurunViikko-Sanomat. (http://agricola.utu.fi/julkaisut/julkaisusarja/kktk/viikkosanomat)

Gottlund, Karl, *Otava eli suomalaisia huvituksia I*, M.G.Lundbergin Kirja-pajassa, 1831.

Gottlund, Karl, *Otava eli suomalaisia huvituksia II*, M.G.Lundbergin Kirja-pajassa, 1831.

Gottlund, Karl, *Otava eli suomalaisia huvituksia III*, Suomalaisen Kirjallisuuden Seura, 1929.

toimi.Krohn,Klaus, *Jaakko Juteini Kootut Teokset I・II*, Viipurin Suomalainen Kirjallisuusseura,2009.

注

序　文

1) Tarkiainen, Viljo, *Suomalaisen Kirjallisuuden Historia*, OTAVA, 1934, s.108.
2) Arwidsson, Adolf Iwar, "Molnen", *Poetisk Kalender 1818*, ss.118-119. (http://litteraturbanken.se)

第一章

1) Valkama, Leevi, "Kaunokirjaisuus", *Suomen Kulttuuri Historia 2*, WSOY, 1980, s.307. ヴァルカマは、1810年代から60年代がフィンランドの民族的ロマン主義の時代であったと述べている。
2) *Ibid*, s.307.
3) Arwidsson, Adolf Iwar, "Om Nationalitét och National Anda", *Åbo Morgonblad*, N:o.7, 17 Februarii 1821, s.54. (http://digikansalliskirjasto.fi)
4) Arwidsson, Adolf Iwar, "Om Nationalitét och National Anda", *Åbo Morgonblad*, N:o.11, 17 Martii 1821, s.82. (http://digikansalliskirjasto.fi)
5) *Ibid*, s.82.
6) *Ibid*, s.82.
7) Arwidsson, Adolf Iwar, "Finska Språket, betraktadt såsom Nationalspråk", *Åbo Morgonblad*, N:o.12, 24 Martii 1821, s.95. (http://digikansalliskirjasto.fi)
8) Pohjolan-Pirhonen, Helge, *Kansakunnan Historia 3*, WSOY, 1973, s.378.
9) Virrankoski, Pentti, *Suomen Historia 1*, SKS, 2001, s.436.
10) *Ibid*, s.437.
11) Klinge, Matti, *Let Us Be Finns*, Otava, 1990, p.80.
12) Virrankoski, *op.cit.*, s.436.

13) Jussila,Osmo, Hentilä, Seppo, Nevakivi, Jukka, *Suomen Poliittinen Historia 1809 – 1995*, WSOY, 1995, s.38.
14) Arwidsson, Adolf Iwar, "En blick på vårt Fosterland", *Åbo Morgonblad*, N:o.2, 13 Januarii 1821, s.10. (http://digikansalliskirjasto.fi)
15) *Ibid*, s.39. 百瀬宏は、フィンランドが受け継いだ1772年スウェーデンの政体書および1789年の法は、国会の権利を奪い、王に無制限に近い権力を認めたものであって、結局のところフィンランドの独立性を尊重するものではなかったと特徴づけている。百瀬宏『北欧現代史』山川出版社、1980年、76 – 77ページ.
16) Virrankoski, *op.cit.*, s.436.
17) Jutikkala,Eino ja Pirinen, Kauko, *Suomen Historia*, WSOY, 1999,s.276.
18) Arwidsson,"Finska Språket, betraktadt såsom Nationalspråk", ss.89-94.
19) *Ibid*, ss.89-94.
20) *Ibid*, ss.93-94.
21) Jutikkala ja Pirinen, *op.cit.*,s.279.
22) *Ibid*,s.276. このような「フィンランド語ナショナリズム」は、国内のスウェーデン系住民との摩擦を生じさせた要因の一つとなったわけだが、それは1860年代になってからのことである。
23) Arwidsson, Adolf Iwar, "Om Finsk Nationalitet",*Mnemosyne,* N:o.60, 28 Julii 1819,s.240. (http://digikansalliskirjasto.fi)
24) Virrankoski, *op.cit.*,s.437.
25) Tarkiainen, *op.cit.*, s.112.
26) Pohjolan-Pirhonen, *op.cit.*, s.367.
27) *Ibid*, s.367.
28) Castrén, Liisa, *Adolf Iwar Arwidsson：Nuori Arwidsson ja hänen ympäristönsä,*Otava, 1944, ss.77-80, s.131.
29) Tarkiainen, *op.cit.*, s.112.
30) Pohjolan-Pirhonen, *op.cit.*, s.356.

31) Klinge, *op.cit.*, p.77.
32) Franzén, Franz, *Valda Dikter*, Ivar Hæggströms Boktryckeri, 1881,ss3-4.
33) Pohjolan-Pirhonen, *op.cit.*, ss.356-357.
34) *Ibid*, s.357.
35) Arwidsson, Adolf Iwar, "Till Allmånheten", *Åbo Morgonblad*, N:o.1, 5 Januarii 1821, s.2. (http://digikansalliskirjasto.fi)
36) "Reflexion av A.W. Schlegel", *Mnemosyne*, N:o.32, 21 April 1819,s.128. (http://digikansalliskirjasto.fi)
37) Arwidsson, "Finska Språket, betraktadt såsom Nationalspråk",s.89.
38) Arwidsson,"Om Nationalitét och National Anda",s.85.
39) *Ibid*, s.85.
40) *Ibid*, s.85.
41) Arwidsson, Adolf Iwar, "Wäinämöinens Harpa", *Poetisk Kalender 1820* ,ss.48-51. (http://litteraturbanken.se) 現在のフィンランド語では Väinämöinen と表記する。
42) Tarkiainen, *op.cit.*, s.108.
43) Pohjolan-Pirhonen, *op.cit.*, s.358, ss.372 — 377.
44) *Ibid*, s.368, 372.
45) Castrén, *op.cit.*, s.111.
46) *Ibid*, s.104.
47) "Den första Kyssen", *Mnemosyne*, N:o.29, 10 April 1819, s.113.(http://digikansalliskirjasto.fi)
48) "Fŏrord", *Mnemosyne*, N:o.1, 2 Januarii 1819, s.1. (http://digikansalliskirjasto.fi) 現在のスウェーデン語では Förord と表記する。

49) *Turun Wiikko-Sanomat*,N:o 1, 8 Tammikuussa 1820. (http://agricola.utu.fi/julkaisut/julkaisusarja/kktk/ viikkosanomat）現在のフィンランド語では Viikko と表記する。
50) Pohjolan-Pirhonen, *op.cit.*, ss.359 − 360.
51) Castrén, *op.cit.*, ss.110 − 112.

　　以下に記すのは「国王、王太子、カール公爵に乾杯」("Skål för Kungen, Kronprinsen, Hertig Karl") というテングストロムの詩の一部である。執筆年、発表年ともに不明である。

　　　　　国王に献ず
　　　スウェーデンを襲う嵐をやっつけた、
　　　グスタフがわれわれを救いにやって来たのだ；
　　　彼は闘う、災難を封じ込めるために
　　　それは戦慄のひと時から生まれたもの
　　　スウェーデンの民は国王をわすられようか？
　　　否、彼はみんなの心の中にいる；
　　　さあそれではコップを空にするまで飲み干せ
　　　スウェーデンの国父に乾杯だ
　　　　　Schybergson, M.G.,*Jakob* Tengström*Vittra Skrifter i Urval med en Lefnadsteckning,* Tidnings & Tryckeri-Aktiebolagets Tryckeri, 1899, ss. 91-92.

　1809 年にフィンランドの帰属が、スウェーデンからロシアに変わったことは既述の通りだが、ロシア支配下のフィンランドにおいて、スウェーデン復帰を願う者やかつての宗主国と支配者に懐旧の念を抱く者が少なからずいたであろう。現に少年時代のアルヴィドソンは強烈なスウェーデン支持者であった。少なくともこのテングストロムの詩からは、彼自身がスウェーデンと国王に対して強い親

愛と尊崇の念を持っていることが読み取れるのである。

52) Gottlund, Karl, *Otava eli suomalaisia huvituksia* Ⅰ, M.G.Lundbergin Kirja-pajassa, 1831, s. Ⅲ.

53) Gottlund, Karl, *Otava eli suomalaisia huvituksia* Ⅲ, Suomalaisen Kirjallisuuden Seura, 1929, ss.1-2. フィンランド人研究者ポホヨラン＝ピルホネンによれば、このゴットルンドの著作は、もともと1831年から1832年にかけて二分冊で出版されている。Pohjolan-Pirhonen, *op.cit.*, s.361.

54) *Ibid*, s.367.

55) toimi.Krohn,Klaus, *Jaakko Juteini Kootut Teokset* Ⅰ, Viipurin Suomalainen Kirjallisuusseura,2009 s.427. 現在のフィンランド語では Viipurista、toivo とそれぞれ表記する。

56) "Aleksanderille Ⅰ. Keisarille ja Suurelle Ruhtinaalle SuomenKansalda", *Jaakko Juteini Kootut Teokset* Ⅰ, s.135. 現在のフィンランド語では Kansalta と表記する。

57) "Suomen Kansalle vuonna 1810", *Jaakko Juteini Kootut Teokset* Ⅰ, s.39.

58) Pohjolan-Pirhonen, *op.cit.*, ss.372 － 377.

59) Valkama, *op.cit.*, s.307.

60) Pohjolan-Pirhonen, *op.cit*, s.378.

61) *Ibid*, s.378.

62) Klinge, Matti, "Polittisen ja Kulttuurisen Suomen Muodostaminen", *Suomen Kulttuuri Historia 2*, WSOY, 1980, ss.20-21.

63) *Ibid*, s.20. Klinge, *Let Us Be Finns*, pp.74-76.

64) フィンランド人研究者ダニエルソン＝カルマリは、アルヴィドソンの言葉として「スウェーデン人にはもはやなれない。ロシア人にもなれない。われわれはフィンランド人にならなければならない」という名文句を紹介している。二つの大国の狭間で苦悩し、呻吟するフィンランド人の過

酷な境遇とともに民族としての矜持が滲み出ている言葉である。Danielson-Kalmari,J.R.,*Tien Varrelta Kansalliseen ja Valtiolliseen Itsenäisyyteen I* , WSOY, 1928, s.221. なおフィンランド人研究者ユティッカラによれば、この言葉は、ヘルシンキロマン派のスネルマンがアルヴィドソンのものとして伝えたとされる。Jutikkala ja Pirinen, *op.cit.*, s.279.

第二章

1) Castrén, *op.cit.*, s.103 , 132.
2) trans.Nuormaa,Severi ja Rein, Edv., "Arwidssonin omatekemä elämäkerta 1791〜1823 (Elämänvaiheeni)",*Adolf Iwar Arwidssonin Tutkimuksia ja Kirjoitelmia,*SKS, 1909, ss. VI - X .
3) Junnila, Olavi, *Adolf Iwar Arwidsson*, Kirjayhtymä, 1979, s.9. Castrén, *op.cit.*, ss.131-132.
4) Castrén, *ibid*, s.131.
5) アルヴィドソンは、『アウラ』創刊号を売るためにポルヴォーの牧師の集会にわざわざ出向いている。さらに彼は、出版の際にかかった費用も補填している 。Setälä,E.N.,Tarkiainen,V.,Laurilla,Vihtori, "Elämänvaiheeni"(Arwidsson, Adolf Iwar, trans.Rein, Edv.),*Suomen Kansalliskirjallisuus VII* , Otava, 1931, s.49（以下 Arwidsson, "Elämänvaiheeni"と記す）。この文献は上記2)と同じアルヴィドソンの回想記のフィンランド語訳である。訳者は同じくレイン(Rein)であるため訳文も同じだが、部分的に省略されている箇所が見受けられる。本書では主にこの版を参考にした。
6) Castrén, *op.cit.*,s.107, 132. アルヴィドソンは子供の頃から気骨な面があったという。
7) *Ibid*, s.133. Junnila, *op.cit.*, s.20.
8) Castrén, *op.cit.*, s.133.

9) Arwidsson, "Elämänvaiheeni", ss.14-15.
10) *Ibid*, ss.15-16.
11) Danielson-Kalmari, "A.I. Arwidssonin Elämäkerrasta", *Tien Varrelta Kansalliseen ja Valtiolliseen Itsenäisyyteen Ⅰ* ,*op.cit.*, s.157. これは「A.I. アルヴィドソンの伝記について」という表題の著述であり、フィンランド人研究者ダニエルソン＝カルマリがアルヴィドソンの回想記に基づき、アルヴィドソンの足跡について解説を行ったものである。
12) Arwidsson,"Elämänvaiheeni",s.62. Junnila, *op.cit.*,s.39.
13) *Ibid*, s.86.
14) Arwidsson, Elämänvaiheeni", s.16.
15) *Ibid*, s.16.
16) Danielson-Kalmari,*op.cit.*,s.157.
17) Junnila, *op.cit.*, s.12.
18) *Ibid*, s.12. Arwidsson,"Elämänvaiheeni", ss.17 — 18.
19) Junnila, *op.cit.*, ss.11-12. Arwidsson,"Elämänvaiheeni", s.18.
20) Junnila, *op.cit.*, s.13. Arwidsson,"Elämänvaiheeni", s.22.
21) Castrén, *op.cit.*, s.47. Arwidsson,"Elämänvaiheeni", s.22.
22) Arwidsson,"Elämänvaiheeni", s.22.
23) Castrén, *op.cit.*, ss.47-48. Arwidsson,"Elämänvaiheeni", ss.23-24.
24) Castrén, *ibid*, s.50.
25) *Ibid*, ss.48-49.
26) *Ibid*, s.32.
27) *Ibid*, s.32.
28) Arwidsson,"Elämänvaiheeni", s.19.
29) *Ibid*, s.20.
30) *Ibid*, s.20.
31) Junnila, *op.cit.*, s.14. Arwidsson,"Elämänvaiheeni", s.20.
32) Arwidsson,"Elämänvaiheeni", s.20.

33) Junnila, *op.cit.*, s.15 Arwidsson,"Elämänvaiheeni", s.26.
34) Castrén, *op.cit.*, s.46.
35) Arwidsson,"Elämänvaiheeni", s.22.
36) Junnila, *op.cit.*, s.15.
37) Castrén, *op.cit.*,s.81. toimi.Viljanen,Lauri, *Suomen Kirjallisuus III*, Suomalaisen Kirjallisuuden Seura ja OTAVA, 1964, s.24.
38) Castrén, *ibid*,s.81.
39) *Ibid*,s.82. Arwidsson,"Elämänvaiheeni", s.34.
40) Danielson-Kalmari,*op.cit.*,s.162.
41) Arwidsson,"Elämänvaiheeni",ss.31-32.
42) *Ibid*,ss.30-31.
43) *Ibid*,s.33.
44) *Ibid*,s.34.
45) *Ibid*,s.36.　アルヴィドソンは、美しく輝く栄えある目標を達成するために、一歩づつ理想へ近づいていくように努力することは、苦難のなかでの聖なる喜びであると述べている。*Ibid*,s.36.
46) *Ibid*,s.36.
47) *Ibid*,s.36.　理想主義に裏打ちされた詩人と英雄の「一体化」という思想は、アルヴィドソンだけではなく、彼と同時代のスウェーデンロマン主義文学のアッテルボムやそのほかの詩人にも見られることが指摘されている。むしろそのようなアルヴィドソンの思想は、スウェーデンやドイツのロマン主義から影響を受けたと考えるほうが自然であろう。*Ibid*,s.34.　Castrén, *op.cit.*,s.83.

　またフィンランド人研究者カストレーンは、世界の秩序と詩人の立場についてのシェリングの思想がアルヴィドソンに影響を与えたことを指摘している。Castrén, *ibid*,s.82.
48) Arwidsson,"Elämänvaiheeni", s.45.
49) *Ibid*,s.45.

50) フィンランド人研究者カストレーンは、このようなアルヴィドソンの歴史観について、シェリングの思想の影響があることを指摘している。Castrén, *op.cit.*,ss.87-89.
51) *Ibid*,s.96. カストレーンは、ムフメド2世（Muhmed Ⅱ）と表記しているが、メフメト2世（Mehmet Ⅱ,1432～1481）のことを指しているのであろうか。
52) *Ibid*,ss.76-77.
53) Danielson-Kalmari,*op.cit.*,s.166.　Arwidsson, "Elämänvaiheeni",s.39.
54) Arwidsson, Adolf Iwar,"Hoppet"*Poetisk Kalender 1815* , s.37.（http://litteraturbanken.se）
55) Arwidsson,"Elämänvaiheeni",s.44.
56) Castrén, *op.cit.*,ss.87-89. 歴史学講師の座をめぐっては、競争相手が亡くなってしまうなど、アルヴィドソンにとって比較的手に届きやすかったことも転進の理由であった。
57) Arwidsson,"Elämänvaiheeni",s.48.
58) Danielson-Kalmari,*op.cit.*,s.168. Castrén, *op.cit.*,s.92.
59) Arwidsson,"Elämänvaiheeni",s.48.　アルヴィドソンの回想記の中では、この旅行の発案者が誰なのか特に言及されていないが、おそらくラムサユ夫人であろうと推測される。彼女は、アルヴィドソンに奮起を促そうとして、旅行を持ちかけたのではないだろうか。
60) Castrén, *op.cit.*,s.94.　アルヴィドソンは、いったん帰国したのち、次にロシアのサンクトペテルブルグ（Sankt-Peterburg）へ向かった。そこで観光などをして過ごしたが、このロシアの首都（当時）の印象について、人々の暮らしぶりなど全てが自分にとって新しいものであったと彼は述べている。しかし同時に彼は、サンクトペテルブルグについて「ある種の敵意を抱いた」、「私にとって驚嘆すべきものではあったが、不信感や倦怠感を感じた」と自己の印象を率直に語っており、ロシアに対する反

感が顕然としていることが分かる。Arwidsson, "Elämänvaiheeni",ss.48-49.
61) アルヴィドソンがリングをいかに尊敬していたかは、彼の仕事の進め方や大げさな立ち振る舞いなどは、まさにリングに倣ったものであったとの指摘からもうかがい知ることができる。Castrén, *op.cit.*,s.94.
62) *Ibid*,s.95.
63) *Ibid*,s.98. Arwidsson, "Elämänvaiheeni",s.49. フィンランド人研究者カストレーンによれば、アルヴィドソンが最も関心を示したデンマーク人文学者はハウク(Johannes Hauch,1790～1872)であった。ハウクはデンマークロマン主義の詩人として著名であり、多くの作品を発表した。アルヴィドソンはハマルスコルド宛の手紙の中で、「私は、驚きと静かな憧れをもって私の英雄ハウクの作品を読むのである。(自分とハウクの) 類似性は驚くほど大きい」(括弧は筆者) とハウクについて感銘を受けたことを綴っている。Castrén, *op.cit.*,s.97.
64) Arwidsson,"Elämänvaiheeni",s.49.

第三章

1) Krohn,Eino,"Turun Romantiikka", toimi.Viljanen,Lauri, *Suomen Kirjallisuus III*, Suomalaisen Kirjallisuuden Seura & OTAVA, 1964,s.7.
2) Castrén, *op.cit.*, s.178.
3) *Ibid*,ss.154-178.
4) Arwidsson, Adolf Iwar, "Sångarens Kårlek", *Åbo Morgonblad*, N:o.11, 17 Martii 1821, s.88. (http://digikansalliskirjasto.fi) 現在のスウェーデン語では Kärlek と表記する。
5) ノヴァーリス著、生野幸吉訳「夜の讃歌」『ドイツ・ロマン派集』

筑摩書房、1979 年、134 ページ。

6) Arwidsson, Adolf Iwar, "Historiallinen Esitys Keskiajan Romantiikan Luonteesta", 16 p. Huhtikuuta 1817, trans.Nuormaa,Severi ja Rein, Edv. *Adolf Ivar Arwidssonin Tutkimuksia ja Kirjoitelmia, op.cit.*, ss.1-3.

7) Krohn, *op.cit.*,s.31.

8) Frykenstedt, Holger,"Atterbom och Nyromantiken", ed.Tigerstedt,E.N., *Ny Illustrerad Svensk Litteraturhistoria, Tredje delen,* Natur och Kultur, 1956, s .90.

9) Steffen,Richard,*Svensk Litteraturhistoria*,P.A.Norstedt & Söners,1910, ss.182-183.

10) Atterbom, Per D. A., "Prolog",*Phosphoros 1810*, ss.1-14.（http://litteraturbanken.se）

11) Frykenstedt, *op.cit.*, s.84.

12) Atterbom, *op.cit.*, s.1.

13) Arwidsson,"Hoppet",s.37.

14) Castrén, *op.cit.*, s.95, 104.

15) イェート主義については、Steffen, *op.cit.*, ss.210-226 を参考にした。

16) このイェイェルの詩のスウェーデン語原文は、Norberg, Elsa, "Geijer och Göticismen" , ed.Tigerstedt,E.N., *Ny Illustrerad Svensk Litteraturhistoria,* Tredje delen, Natur och Kultur, 1956, s .180 に掲載されている。

17) Arwidsson,"Historiallinen Esitys Keskiajan Romantiikan Luonteesta", ss.8-9.

18) *Ibid*, ss.8-9.

19) Tarkiainen, *op.cit.*, s .113.

20) Krohn, *op.cit.*,s.32.

21) Arwidsson, Adolf Iwar,"Forntid och Framtid", *Åbo Morgonblad,* N:o 14, 7 April 1821, s.105.（http://digikansalliskirjasto.fi）

22) アイザイア・バーリン著、福田歓一・河合秀和訳『ロマン主義と政治　バーリン選集3』岩波書店、1984年、71 — 72ページ。
23) アイザイア・バーリン著、田中治男訳『バーリン　ロマン主義講義』岩波書店、2010年、24 — 27ページ。
24) ハインリヒ・ハイネ著、山崎章甫訳『ドイツ・ロマン派』未来社、1994年、15ページ。
25) ここで留意しておくべきは、ロマン主義がカトリックと等号で完全に結ばれるわけではないことである。例えばバーリンは、ロマン主義のルーツの一つとして、ルター派の中の敬虔主義派をあげている。ただドイツロマン主義の中心人物フリードリヒ・シュレーゲルがカトリックに転向したことが物語る通り、少なくともロマン主義が中世カトリックの世界を理想視していたことは確かである。前掲書『バーリン　ロマン主義講義』55ページ。
26) Arwidsson, Adolf Iwar, "Moralen använd i Poësie", *Åbo Morgonblad,* N:o 39, 22 September 1821（以下 Arwidsson, "Moralen använd i Poësie"と記す), s.298, 300, 304. (http://digikansalliskirjasto.fi)　現在のスウェーデン語では använd と表記する。なおこの文献の表記は、*Åbo Morgonblad,* N:o 39 では "Moralen använd Poësie" となっているが、続編が掲載された N:o 40 では "Moralen använd i Poësie" と修正されている。本書では後者の表記に依拠する。
27) Arwidsson,"Moralen använd i Poësie",ss.298-303.
28) Arwidsson,Adolf Iwar, "Öfversigt af de sednaste revolutionerna i Svenska Vitterheten", *Mnemosyne,* N:o 15,20 Feburarii 1819, s.59. (http://digikansalliskirjasto.fi)
29) Arwidsson,"Moralen använd i Poësie", s.299.
30) Arwidsson,"Öfversigt af de sednaste revolutionerna i Svenska Vitterheten", s.58.
31) Krohn, *op.cit.*,ss.9-10.
32) Arwidsson,Adolf Iwar, "Betraktelser", *Mnemosyne,* Feburarii 1822,

ss.37-38.（http://digikansalliskirjasto.fi）
33) シェリング著、西谷啓治訳『人間的自由の本質』岩波文庫、1981年、26ページ。
34) 同前書、22ページ。
35) Arwidsson,"Moralen använd i Poësie", s.302.
36) *Ibid*,s.301.
37) *Ibid*,s.302.
38) *Ibid*,s.300.
39) *Ibid*,s.302.
40) フリードリヒ・.シュレーゲル著、山本定祐編訳『ロマン派文学論』冨山房百科文庫、1999年、264ページ。おそらくアルヴィドソンの芸術観（美意識）は、このようなシュレーゲルの言説に代表されるドイツロマン主義思想を下敷きにしているのであろう。
41) Arwidsson,"Moralen använd i Poësie",s.301.
42) *Ibid*,s.302.
43) *Ibid*,s.302.
44) *Ibid*,s.299.
45) *Ibid*,s.300.
46) *Ibid*,s.302.
47) *Ibid*,s.303.
48) シェリング著、前掲書、27ページ.
49) Krohn, *op.cit.*,s.9.
50) Arwidsson,"Moralen använd i Poësie",s.300.
51) *Ibid*,s.303.
52) *Ibid*,s.299.
53) *Ibid*,s.302.

第四章

1) Danielson-Kalmari,*op.cit.*,ss.163-164. 現在のスウェーデン語では Livets と表記する。
2) 例えばボッティチェリ作「聖母子（バラ園の聖母）」（ウフィツィ美術館所蔵）が代表的であろう。
3) Arwidsson,"Sångarens Kårlek",ss.17-18. 現在のスウェーデン語では Kärlek と表記する。
4) Arwidsson,Adolf Iwar,"Lifvet och Döden", *Åbo Morgonblad*, 3 Februarii 1821, N:o5, ss.39-40. (http://digikansalliskirjasto.fi) 現在のスウェーデン語では Döden と表記する。

　誤解を恐れずに言えば、文中の「大地」がロシアに併合されたフィンランド、「彼」がロシア支配の下で悲憤慷慨するフィンランド人、「彼女」はフィンランド人が追い求める自由という民族的理想としてそれぞれを比喩的に読み取ることはできないであろうか。こうした観点からすれば、この物語は、執筆された当時のフィンランド人、少なくともアルヴィドソンのナショナリズムが反映されていると考えることは可能であろうと思われる。

5) Arwidsson,Adolf Iwar,"Skalden och Döden", *Åbo Morgonblad*, 20 Januarii 1821, N:o3, s.17. (http://digikansalliskirjasto.fi)
6) Arwidsson, Adolf Iwar,"Spegela", *Poetisk Kalender 1819*, ss.30-33. (http://litteraturbanken.se)
7) Arwidsson, Adolf Iwar, "Vid en Smålthytta", *Poetisk Kalender 1816*, ss.206-210. (http://litteraturbanken.se) 現在のスウェーデン語では Smälthytta と表記する。
8) Castrén,*op.cit.*,s.160.
9) *Ibid*,s.160.
10) Arwidsson, Adolf Iwar, "Naturtonerna", *Poetisk Kalender 1818*, ss.93-94. (http://litteraturbanken.se)

11) *Ibid*,s.96.
12) Arwidsson, Adolf Iwar,"Nordanfjäll", *Poetisk Kalender 1818*, ss.92-98.（http://litteraturbanken.se）
13) Arwidsson, Adolf Iwar, "Sång", *Åbo Morgonblad*, 3 Martii 1821, N:o9, s.65.（http://digikansalliskirjasto.fi）
14) Danielson-Kalmari, *op.cit.*,ss.176-177.
15) Krohn, *op.cit.*,s.35.

終　章

1) Mickwitz, Joachim,"Syrjäseudusta Tulee Keskus", toimi. Varpio,Yrjö, *Suomen Kirjallisuus Historia 1*, Suomalaisen Kirjallisuuden Seura, 1999, ss.186-187.
2) Castrén, *op.cit.*,s.171.
3) Krohn, *op.cit.*,s.31.
4) Castrén, *op.cit.*,s.172.

　　詩の技法の面では、ミクヴィッツの評価によれば、スウェーデンのハマルスコルドやアッテルボムと比較すると、アルヴィドソンの場合、ロマン主義のシンボルの価値を扱う点において劣っている。Mickwitz, *op.cit.*,s.186.

　　クローンは、次のようにやや肯定的（あるいは同情的）な評価をしている。すなわちアルヴィドソンは詩の技法を継続的に発展させていった。それは平易な表現を用いるとともに、無駄な形容詞や派手な言葉を削ぎ落として、ロマン主義の亜流と分かるような言葉を多用しない、といった側面に見られるのである。Krohn, *op.cit.*,s.36.

5) Arwidsson,"Elämänvaiheeni",s.66. Castrén, *op.cit.*,s.175.

　　フィンランド人研究者カストレーンは、このような詩人の「高貴な使命」についての見方は、シェリング、ノヴァーリス、ア

ッテルボムとも共通点があると述べている。*Ibid*,s.177.
6) Arwidsson,"Elämänvaiheeni",ss.61-62.
7) *Ibid*,s.62.
8) *Ibid*,s.64.
9) Castrén, *op.cit.*,s.176.
10) Arwidsson,"Elämänvaiheeni",s.66.
11) Castrén, *op.cit.*,s.171.
12) Arwidsson,"Elämänvaiheeni",s.66.
13) *Ibid*,s.67.
14) *Ibid*,s.64.

初出一覧

　本書は、以前筆者が発表した下記の論文・研究ノートに基づいている。ただし本書の刊行に際して、新たに文献を参照し、大幅な加筆、削除、修正を行ったことをお断りしておく。

「フィンランドナショナリズムの胎動」(『国際関係学研究』第20号、
　東京国際大学大学院国際関係学研究科、平成19年)
「アルヴィドソンの思想と行動(1)」(『国際関係学研究』第21号、
　東京国際大学大学院国際関係学研究科、平成20年)
「アルヴィドソンの思想と行動(2)」(『国際関係学研究』第22号、
　東京国際大学大学院国際関係学研究科、平成21年)
「アルヴィドソンの思想と行動(3)」(『国際関係学研究』第27号、
　東京国際大学大学院国際関係学研究科、平成26年)

謝　辞

　本書の執筆にあたって、九州大学大学院比較社会文化学府の大河原伸夫教授、岡崎晴輝教授、鏑木政彦教授からは、多大なるご指導、ご高配を賜った。また、著者の勤務先である九州情報大学の麻生隆史理事長・学長、麻生維美前理事長・学長におかれては、日頃の研究にあたって様々な便宜を図って下さった。皆様に厚く御礼申し上げる。

　筆者のフィンランド研究の土台となっているのは、1990年～1991年の在フィンランド日本国大使館勤務である。このかけがえのない貴重な経験を与えてくださった外務省、黒河内久美大使、三橋秀方公使（のちに駐ルーマニア、駐カザフスタン兼キルギス大使）をはじめとする当時の大使館職員の方々、およびこの在外勤務にあたってご配慮を賜った津田塾大学の百瀬宏名誉教授には、深く感謝申し上げる。

　筆者が教職に就く際に、多大なるご配慮を賜った東京国際大学の故倉井武夫名誉教授に対しては、ご存命中に拙著を謹呈できなかったことが誠に悔やまれる。ここに謹んで御霊に感謝と御礼を申し上げる次第である。

　そしてなにより恩師原彬久先生（東京国際大学名誉教授）から受けた学恩については、紙面で書き尽くせぬほどである。そもそも、著者がアルヴィドソン研究に取り組むきっかけを与え

てくださったのが先生であった。先生が母校の研究紀要に執筆を勧めてくださったおかげで、この研究が始まったのである。つまり先生のお言葉がなければ、本書が生まれることはなかったわけである。

　さかのぼれば四半世紀以上も昔のこと、著者が研究者になりたての頃、先生のご自宅にて丹念に拙稿を手直ししてくださったことが昨日のことのように思い出される。先生からは、様々な学問的なご教示を賜っただけではない。怠惰な筆者に執筆の機会を与えて下さり、いまでも折に触れて温かい叱咤激励をいただいている。それらは筆者の無上の宝物である。あらためて厚く御礼申し上げる次第である。

　最後に、妻幸子の日頃の心遣いに感謝して稿を結ぶことにしたい。

平成28年5月　太宰府の研究室にて
坂上　宏

著者紹介

坂上　宏（さかがみ　ひろし）

九州情報大学教授

東京国際大学大学院国際関係学研究科修士課程修了
九州大学大学院比較社会文化学府博士後期課程単位修得退学
（比較政治専攻）

詩人アルヴィドソン序説
〜フィンランドナショナリズムと美の思想〜

発行日	2016年10月21日　初版第1刷
著　者	坂上　　宏
発行者	東　　保司

発行所
櫂歌書房
〒811-1365　福岡市南区皿山4丁目14-2
電　話 092-511-8111　FAX 092-511-6641
E-mail:e@touka.com
http://www.touka.com

発売所　　株式会社　星雲社
〒112-0005　東京都文京区水道1-3-30
電話 03-3868-3275